ADA NEGRI

LUCE MATTUTINA

IN APPENDICE LA RACCOLTA DI PROSE
MATERNITÀ
DEL 1904

LIBER MUNDI 3

BOOKMOON

ISBN: 9788893273770 prima edizione Settembre 2018
Titolo: **Stella Mattutina** di Ada Negri. Introduzione di Goffredo Londoni
liber mundi 3 della collana Bookmoon - Proprietà letteraria riservata
© Luca Cristini Editore 2018 per i tipi Bookmoon.
Cover & Art Design: L. S. Cristini.

In copertina: Quadro futurista del 1914 di Joseph Stella per concessione MET

LIBER MUNDI 3

ADA NEGRI

LUCE MATTUTINA

IN APPENDICE LA RACCOLTA DI PROSE
MATERNITÀ
DEL 1904

INDICE

INTRODUZIONE
Di Goffredo Londoni

Ada Negri, la grande poetessa italiana nasce a Lodi il 3 febbraio 1870 e muore a Milano l'undici gennaio 1945.

Ella rappresento una delle voci autenticamente più interessanti della letteratura italiana a cavallo dei due secoli scorsi.

Tanto considerata che a oggi continua ad essere la prima e unica donna a essere ammessa all'Accademia d'Italia.

Più volte indicata come candidata per il premio Nobel. L'ambito riconoscimento le fu negato, si presume principalmente per la sua adesione al fascismo, fatto che per anni comportò anche un certo oblio per la scrittrice lodigiana.

La famiglia della Negri era di umili origini, Madre operaia tessile in una filanda (è la Vittoria del romanzo *Stella Mattutina*), il padre era un modesto vetturino alcolizzato con un debole per il bel canto, mai conosciuto, morì quando Ada aveva solo un anno. La madre come ben narrato nel libro dedicò tutte le sue fatiche e i sacrifici per permettere alla figlia di studiare e farsi una carriera che ebbe inizio col conseguimento del diploma di insegnante elementare.

Il suo primo impiego, ricordato in più passi anche nel romanzo fu al Collegio Femminile di Codogno, nel 1887, dove si fermò un solo anno, per passare l'anno successivo nella scuola elementare di Motta Visconti, un paese della provincia di Milano nel quale Ada passò il periodo più felice e creativo della sua vita. Furono quelli gli anni in cui la scrittrice, dividendo il suo tempo con la professione di insegnante realizzò la gran parte delle suoi scritti. La sua prima opera che la consacrò come autrice di successo fu la raccolta di poesie chiamata *Fatalità*, pubblicata nel 1892. In quell'occasione la Negri ricevette anche un encomio da parte dell'allora ministro Zanardelli *per chiara fama* presso l'*Istituto superiore "Gaetana Agnesi"* di Milano.

Questo fatto gli permise di spostarsi con la madre a vivere nel capoluogo lombardo. A Milano entrando in contatto con la vivida società del tempo, nacque anche la sua passione di impegno politico, nella quale abbracciò in toto gli ideali socialisti e di emancipazione femminile. Fu in questa occasione che conobbe divenendone amica e sodale: Turati, Patrizi, la Kuliscioff e Benito Mussolini. Il suo fervore sociale in quegli anni fu talmente intenso che venne persino definita la *poetessa del Quarto Stato*.

Nel 1896 la Negri si sposa con un industriale tessile piemontese, ma il matrimonio si rivelò presto scialbo e inconsistente. La poetessa però diventa madre due volte, generando due figlie di cui la sola Bianca sopravviverà. In quegli anni la scrittrice si rattrista e lavora su altre raccolte di prose fra cui *Maternità* (1904) che pubblichiamo in appendice a questo libro.

Il suo matrimonio si trascina pesantemente fino al 1913, anno in cui finalmente divorzia e va a vivere a Zurigo in Svizzera, entrando nuovamente in contatto con un ambiente vivo e stimolante che favorì una sua rinascita creativa. Del tempo va segnalata la raccolta di racconti *"Le solitarie"* opera moderna ed attenta alle molte sfaccettature della tematica femminile. In quegli anni di conflitto mondiale tuttavia ella iniziò ad abbracciare sentimenti fortemente nazionalistici che finiranno con l'avvicinare la scrittrice alle idee che saranno proprie del fascismo. Nel 1919 muore l'amata madre Vittoria, e due anni dopo, nel 1921, si sposa la figlia Bianca, entrambe queste vicende sono alla base del suo romanzo di maggior successo: *Stella mattutina* pubblicata nello stesso anno. Nel 1926 e nel '27 Ada Negri venne nominata al Premio Nobel per la Letteratura. Tuttavia questa candidatura non viene promossa ed allora è Mussolini a celebrarla con l'omonimo premio nel 1931.

Questo fatto la consacrò a tutti gli effetti come intellettuale del regime, tanto che come già ricordato, nel 1940 fu la prima donna membro dell'Accademia d'Italia. Passa gli ultimi anni raccolta in un profondo misticismo religioso che la allontana dal mondo: Morì a Milano nel 1945 a guerra ancora in corso.

La scrittrice fu lombarda sopra ogni cosa, non solo perché nata a Lodi, ma perché quasi tutti i suoi lavori in prosa e in versi sono ispirati alla sua terra, alla fecondità della campagna, all'ampiezza degli orizzonti, alle visioni pittoresche, tutte caratteristiche che sempre affascinarono e suggestionarono la scrittrice.

"Io vedo - nel tempo - una bambina. Scarna, diritta, agile. Ma non posso dire come sia, veramente, il suo volto: perché nell'abitazione della bambina non v'è che un piccolo specchio di chi sa quant'anni, sparso di chiazze nere e verdognole; e la bambina non pensa mai a mettervi gli occhi; e non potrà, più tardi, aver memoria del proprio viso di allora."

Stella Mattutina, del 1921 è nei fatti un romanzo-autobiografico della stessa Autrice. Pieno zeppa di ricordi, basati principalmente sui dialoghi con la madre. La Negri passò l'infanzia nella portineria del palazzo dove la nonna, Peppina Panni, lavorava come custode presso la nobile famiglia Barni, legata un tempo al celebre mezzosoprano Giuditta Grisi, fino alla morte della quale era stata governante la nonna Peppina.
Sul rapporto tra la Grisi e la sua famiglia, Ada costruirà il mito della propria infanzia. Anche se nei fatti un vero rapporto non vi fu mai e Ada che passava molto tempo sola nei locali della portineria, osserva per lo più il via vai di questa élite di persone da una certa distanza. Quindi Dinin la protagonista altri non è che Ada. Dinin che esplora il mondo con il visibile, ama anche con l'invisibile, in chiave spesso quasi onirica e trasfigurata.
Affascinanti le immagini "botaniche" che ben rimandano a quegli anni di *art noveau*, fatti di atmosfere idilliache e profumi immaginari che tanto sarebbero piaciuti a Matisse e Monet. Ma il contenuto non è solo estetico ed estatico, Ada

Negri passa presto a raccontare anche difficoltà e miserie, soprusi e drammi sociali, travalicando con abilità e arte l'esperienza autobiografica, per assumere un valore sociale universale. Tutti particolari e prerogative che rendono questo romanzo del primo novecento assai moderno e storiografico. Quando uscì, nel 1921, "Stella mattutina" ebbe un successo enorme che consolidò una volta di più la sua autrice. Piacque per la sua adesione al genere autobiografico che la individuava tipicamente, e piacque anche lo sforzo dell'autrice di illustrare con coraggio la situazione femminile di quegli anni in Italia.

Maternità è la terza raccolta di poesie di Ada Negri pubblicata nel 1904, vale a dire negli anni del suo infelice matrimonio.
Per sollevarsi dall'apatia personale che la assale l'autrice si rifugia nei temi e nei sentimenti a lei più cari in qualità di madre e figlia. I suoi versi, come già in Stella Mattutina sono sempre ricchi di elementi autobiografici, legati ai ricordi della mamma che gli cantava le ninne nanne o gli raccontava di storie che l'affascinavano.
Ricordi di quella madre operaia e vedova, donna forte e coraggiosa che gli ispirò quei sentimenti di ideali politici sempre pregni di una pulsione morale, legate una volta di più ruolo delle donne operaie che assolvono a due compiti: di madri e di lavoratrici.
Per la sua esperienza di madre a sua volta le ispirazioni a molte altre poesie della raccolta perseguendo una vibrante poetica della maternità e del femminile presente come non mai in altre autrici contemporanee.

STELLA MATTUTINA

Io vedo — nel tempo — una bambina. Scarna, diritta, agile.
Ma non posso dire come sia, veramente, il suo volto: perché
nell'abitazione della bambina non v'è che un piccolo specchio
di chi sa quarant'anni, sparso di chiazze nere e verdognole; e la
bambina non pensa mai a mettervi gli occhi; e non potrà, più
tardi, aver memoria del proprio viso di allora.
L'abitazione della bambina è la portineria d'un palazzo
padronale, in una piccola via d'una piccola città lombarda.
Nel palazzo non vi sono che due inquilini, occupanti alcune
stanze del secondo piano: un vecchio pensionato, magro, con
la sua governante Tereson: una vecchia signora, grassa, che ogni
mese cambia domestica. Il resto è tutto abitato dai padroni:
gente ricca, gente nobile.
Quando rientrano in carrozza dalla passeggiata, bisogna
spalancare il cancello del portone; e, siccome la nonna (custode
della portineria) è troppo indebolita dagli anni, è la bambina
settenne che deve farlo. Non ha mai pensato, naturalmente,
che tale atto le possa essere di umiliazione; ma non lo compie
volentieri.
Molto vecchia è la nonna.
Fa sempre la calza, movendo di continuo le labbra su parole
senza suono, che son preghiere. Non è né buona, né cattiva.
Non racconta favole. Ha una suprema indifferenza per ogni
cosa. Curva, minuta, claudicante fin dai primi anni della
fanciullezza, con un viso di calme linee chiuso in una cuffiettina
nera allacciata sotto il mento, se qualche noia o dolore le
sopravviene, non sa pronunciar che una frase, a bassa voce: —
Quell che Dio voeur.
Così avanzata nell'età, e tarda nei movimenti, vien tuttora
compatita, dai padroni, nella portineria; perché da più di

quarant'anni appartiene al servizio della famiglia. Potrebbe ritirarsi, presso un suo figlio che è maestro di scuola e vive in bastante agiatezza. Non vuole: preferisce lavorare, fin che può, fino all'ultimo.

Fu, in giovinezza, governante di fiducia di Giuditta Grisi, la meravigliosa contralto, sorella della -meravigliosa soprano Giulietta: la seguì fedelmente su tutti i palcoscenici', udì dalle quinte le acclamazioni dei pubblici, vide alle porte dei teatri le folle in delirio staccare i cavalli dalla carrozza della cantatrice: custodì nelle camere di locanda e durante lunghi viaggi in diligenza sacchetti di gioielli e di monete d'oro, carte preziose, preziosi costumi. Udì in silenzio la Diva bestemmiare come un comprimario, nei momenti di malumore: la vestì in silenzio per la scena, mentre ella Stoicamente premeva il fazzoletto sulla bocca, per soffocare gli urli che le strappava il male: un male uterino ch'ella non aveva o tempo di curare.

Fu a lei che, dopo la prima notte del suo matrimonio con un magnifico patrizio di Cremona, disse la Diva, dal letto, allargando le braccia e dilatando le nari all'aroma del caffè:

— Peppina, ah!... finalmente sono contessa Bardi...

Fu lei che l'accompagnò nella villa gentilizia di Robecco sull'Oglio: infermiera vigile fino alla morte, nel tempo in cui l'insidioso male, non curato in principio nelle sue ràdici, doveva ucciderla in pienezza di rinomanza e di amore.

Dal suo letto di spasimi, tentava la cantatrice note filate, picchiettature e trilli:

— Peppina, la voce c'è ancora.

Sul punto di morire, mormorò al marito:

— Conte Barni, ti raccomando Peppina.

E la fedele seguace rimase a lui, come un lascito: assunse, umilmente, devotamente, la direzione della casa: vi allevò i propri figli, un maschio e una femmina: condivise la fortunosa sorte del padrone, finché, lui spento, venne passata ad un ramo secondario, e già imbastardito, della famiglia. Nella portineria che rappresenta l'ultima tappa della vecchia Peppina, alcuni ricordi di conservano di Giuditta Crisi.

Un ritratto: antica stampa in cornice nera: busto scollato fin sotto le spalle, magro collo elegante, cortissime maniche a sbuffi, viso appuntito, non bello ma di chiusa intensità, sotto l'alta pettinatura a bande lisce intorno alla fronte e a tre rigonfi a sommo del capo.

Una cassetta da viaggio, per diligenza: pesantissima, di noce massiccio. È chiusa a chiave: dentro, forse, ci sono, in custodia, le strade che percorse, le cose che vide, le avventure che sopportò.

Un singolare astuccio da lavoro, anch'esso per viaggio: formato d'un rotolo di pelle di bulgaro tenacemente profumata, con fodera di velluto, rosa stinto, divisa in tanti piccoli scompartimenti.

La bambina ama quegli oggetti, con dispotica padronanza. Ne conosce la storia; e, guardando il ritratto, sedendo sulla cassetta, accarezzando il velluto rosa stinto dell'astuccio, se la ripete, dentro di sé, con avida gioia.

È una sua personale ricchezza, della quale è gelosa.

Pensa: Anch'io andrò *sul teatro*.

Accanto alla portineria v'è una cameruccia bassa, buia, con un letto matrimoniale in cui vanno a dormire in tre, nonna, mamma e bambina. Due cassettoni, un tavolino, qualche sedia; e una tenda a righe grige e blu, dietro la quale, contro una parete, in mancanza dell'armadio, vengono appesi gli abiti.

Quella tenda è il sipario.

La bambina lo solleva quando vuole. Le flosce vesti pendenti (vesti di pulita povertà) si riempiono, quando vuole, di ossa e di carne: spuntan da esse mani e teste: voci ne escono: un moto illusorio le anima. Giuditta Grisi canta. Il pubblico immaginario applaude.

Un vero pubblico assiste talvolta alle rappresentazioni: le figliole dei padroni di casa. Maura, Clelia, Pia: tre bei nomi, tre belle fanciulle. Ascoltano in silenzio, con sgranate pupille, le favole sceneggiate: ridon sommesse: una ve n'è fra loro, la più bella, la meno buona, che ha di continuo, negli occhi e nella bocca, il guizzo d'un ghignetto schernitore. Non gliene importa niente, né della Crisi, né delle favole bizzarre, né del teatro di stracci.

La piccola artista ne soffre in cuore: ne è ferita, già come qualcuno che dia il meglio di se stesso, e senta di non essere compreso.

Ma l'oscuro corruccio dura poco. Basta che una di loro gridi: — Andiamo a giocare!...

— e si precipitano in giardino.

Giardino sempreverde: pini, magnolie, un cedro del Libano: pochi fiori, molta erba, profondità di ombre, sapienza di nascondigli. Giardino più bello al mondo non c'è.

"Le bambine giocano a rincorrersi: quattro saette. Poi, a palla: ciascuna ha la propria: sotto la palma della mano deve rimbalzar venti, cinquanta, cento volte, senza che la mano fallisca un sol colpo. La gara le eccita: più di tutte esalta la scarna portinaretta. Dopo la palla, il salto alla corda, semplice e in due tempi: il salto su un solo piede, cioè *zoppin zoppetta*, sino a quando il piede resiste: il salto dai gradini dello scalone d'onore, progressivo fino al rischio d'insaccarsi di schianto.

Gioia del sangue, tensione della volontà, ignara eleganza di muscoli e nervi in moto. La scarna portinaretta non si dà vinta a nessuno, dimostra a volte il freddo coraggio d'una funambola: vuole ad ogni costo sorpassar la Pia, che è la più svelta e par fatta di gomma: miracolo se non si spezza una caviglia o l'osso del collo; ma vuole esser la prima, deve esser la prima, perché è povera.

Son le sette, e la mamma torna dalla fabbrica: oh, adesso è ben altra vita!...

La mamma non è più giovine (s'è sposata tardi) e ha già molti capelli grigi; ma la sua voce è squillante, di ragazzetta, e tutto in lei è chiaro ed energico: il passo, il movimento, lo sguardo, la parola. Visse libera nella villa di Robecco sull'Oglio, con la nonna, fin dopo i trent'anni: sposa, fu cucitrice di bianco: rimasta vedova e nella più dura miseria, dovette collocarsi come operaia in uno stabilimento di filatura e tessitura di lane.

Guadagna, una lira e settantacinque centesimi al giorno: lavora tredici ore filate: spesso è costretta alla "mezza giornata" della domenica.

Ma è gaia e ride, è creatura piccola e vocale come gli uccelli, e cinguetta e canta. Vive in Idi il fremito pennuto dei passeri, un'elasticità sempre nuova, una così fresca simpatia per le cose e le creature, che sgorga con la fluidità di certe polle fra l'erba, e ne ha la mutevole trasparenza. Non porta con sé la polverosa e grave atmosfera d'un lanificio; ma, piuttosto, l'acre sentore d'una ventata di marzo, rude alla pelle, ma piena d'azzurro e di elementi di vita.

Come la nonna e la bambina, si nutre di pane, latte e polenta; ed è forse la sua casta sobrietà, che la rende così leggera sulla terra.

Quando, finiti i chiacchiericci delle serve in portineria, la bambina va a letto, verso le nove e mezzo, l'uscio fra le due stanze rimane aperto. Ella, quatta sotto le coltri e fingendo di dormire, ride ride nell'anima, perché sa che sta per scoccare l'ora meravigliosa. Di lì a poco, infatti, con la sua voce limpida, la madre, che crede la bimba addormentata, comincia a legger forte.

Per divertir la nonna e per la propria gioia, legge, a puntate, i romanzi d'appendice d'un giornale quotidiano.

Ignora che la piccina ascolta, con gli orecchi tesi, con il cuore teso.

Quanta gente, quante creature più vive, più forti, più malvagie, più interessanti di quelle che s'incontrano ogni giorno, in strada, nella casa, nella scuola!... Tutti suoi amici: Rocambole:

Remigio Senza Famiglia: la Portatrice di pane: e Rigoletta e Fior - di - Maria, dei Misteri di Parigi.

Storie di vasti intrighi, di amori romantici, di romantici delitti formano la base della sua conoscenza: unite senza possibilità d'oblio alla voce della madre e al chiarore giallastro d'una lampada ad olio, penetrante dall'uscio aperto a rischiarare di scorcio ima tenda - sipario a righe grigie e blu, e il ritratto di Giuditta Crisi.

Qualche anno dopo, la bambina, divenuta più grandetta, ma rimasta selvatica ed avida di mirifiche istorie, trova in un ripostiglio un fascio di romanzi di Alessandro Dumas padre: da I Tre Moschettieri ad Angelo Pitou.

Vecchi libracci, ingialliti, cincischiati, rosicchiati agli angoli, mancanti di pagine qua e là: non importa. — Le è come salire in un bastimento e traversare il mare.

Legge, legge, legge. Arruffa e precipita i compiti di scuola, per leggere. Respira nella favola. Un senso di letizia, di benessere pieno, ad ogni nuova lettura rinsanguato, si diffonde in lei. Ha, con i personaggi dei fantastici romanzi, colloqui d'allucinante intensità: se li raffigura e li vede dinanzi e intorno a se, con caratteri di fisionomia e di gesto sui quali non può sbagliare.

E quando, più tardi, l'irriflessiva compiacenza della governante Tereson (quel bravo signor Antonio, che anche lui non può vivere senza libri!...) le lascerà fra le mani gli sporchi e ciancicati volumi d'una biblioteca circolante, e la scolaretta tredicenne scoprirà Emilio Zola, la sua segreta gioia diverrà terribile come un'ossessione.

Le pagine impure, nelle quali più crudamente è rappresentato il vizio, e più turpi odori emana la carne, scorreranno sul suo spirito senza la sciar traccia: acqua su marmo: tanto ella è innocente. Ma la massa dell'opera, così compatta e sanguinante di umanità, graverà su. di lei con tutto il suo peso. Ella -sarà malata d'una penosa malattia dell'anima, che la renderà dissimile dalle ragazze della sua età. Distratta, a volte prostrata, presenterà ai suoi maestri componimenti pieni d' inquietudine e di squilibrio, tralucenti d'immagini e di reminiscenze torbide e confuse.

Ma ella non ama la scuola. Nessun rapporto, nessuna confidenza fra lei e il sistematico ingranaggio scolastico. È quieta, lavora, si sforza di comprendere, sa che deve, che ribellarsi non può; ma, in fondo, non desidera che di evadere. Vuole studiar da maestra unicamente perché non intende logorarsi in un opificio come la madre, o divenir serva di signori in gioventù e porti naia in vecchiezza, come la nonna.

Ora che è quasi una giovinetta, si sente di ventar di brace, poi del color dell'erba, quando deve aprire il cancello grande alla carrozza dei padroni di casa, che tornan dalla passeggiata del pomeriggio; e inghiotte acido e respira male quando deve portar le lettere o far qualche commissione. Non invidia il lusso delle sale padronali: non le guarda nemmeno. Né le fan gola gli squisiti mangiari, tanto l'abito della sobrietà s'è fatto natura in lei.

Solo, non vuol servire.

Quella portineria!... Odiosa, con la bianca invetriata a smeriglio verso la strada, e il doppio uscio a cristalli trasparenti verso il porticato in terno. Odiosa, con il campanello che squilla ad ogni entrar di persona; e bisogna rispondere:

— Sì, no, i padroni ci sono, non ci sono.

E il giorno di ricevimento, con tutti quegli equipaggi alla porta, e tutte quelle signore fruscianti in seta e velluto, che la guardan dall'alto o non la guardan nemmeno: oppure le sorridono con stupida benevolenza, e questo la fa impallidire di più!...

Salgono a far visita alla signora del palazzo: maestosa femmina, che fu assai bella in giovinezza, ma ora affoga nel grasso e soffre di ipertrofia di Cuore; e sarebbe buona; ma ha modi troppo alteri e bruschi perché le venga riconosciuta la sua bontà. Dirige la propria casa con l'energia d'un comandante di vascello, e fuma insaziabilmente, giorno e notte, sigari virginia, lunghi, dall'acre odore.

Non vuol male alla portinaretta ; e pure possiede il segreto di fustigarla a sangue con poche recise parole.

Un giorno le toglie di mano il quaderno dei componimenti: lo sfoglia come si sfoglia un taccuino quando si cerca una data, lo leggicchia qua e là; e sentenzia:

— Questa non è farina del tuo sacco: roba rubacchiata, presa a prestito: via!... Tu leggi troppi romanzaci, bambina!...

La bambina, che in quel momento si sente una donna, risponde di no, di no, più con il gesto del capo che con la voce. Di no, di no: che non ha rubato. Ma ha il viso color ramarro, e gli occhi cattivi. E le sembra che nella vita l'avrà sempre dinanzi, la grossa signora energica che puzza di sigaro, a strapparle di mano il quaderno, e a dirle: Non è roba tua: hai mentito.

E l'odia, come odia la portineria. Ma più sente il rancore crescerle dentro una mattina:

— la mattina dei gigli.

Tutta un'aiuola di gigli fiorita quasi all'improvviso, lungo il muro orientale del giardino, quella mattina di giugno. Gigli nel sole: ella non vede altro. Ieri erano ancora in boccio; ma chi ha mai potuto assistere al preciso momento dello schiudersi d'un fiore?...

Ella si è pian piano avvicinata al miracolo dei candidissimi calici, eretti sugli alti gambi, con stami dorati al posto del cuore. Le par giorno di festa, perché i gigli son fioriti. Le par d'essere in chiesa, e l'aroma che respira le ricorda la santa comunione. Tende le mani come per pregare... Ma ecco, da una delle finestre verso il giardino, la rauca voce della signora:

— Ehi, là, dico... Non si toccano i fiori!... Guai a te se ti prendi un giglio!...

Non voleva toccare. Stava in adorazione, soltanto. Quella donna ha bestemmiato. Vi sarà sempre una ruvida voce che l'accuserà d'essere una ladra, ogni qual volta ella tenderà le braccia e l'anima verso la bellezza?... Amar la bellezza è un peccato?

Vi è fra lei e la signora qualcosa d'inconciliabile, che più cresce con il crescer degli anni: inimicizia senza remissione, fra lei e tutti coloro i quali han bisogno di qualcuno che apra loro il cancello quando tornano a casa in carrozza, e non vogliono esser derubati dei fiori che rallegrano gli occhi di tutti.

Ma il giardino è ben suo quando nevica, e i cristalli delle finestre sono sbarrati, e nessuno arrischia fuori la punta del naso. Silenzio: vero, di carne e d'ossa, da toccar con mano: quei tal silenzio del quale si sente il respiro, come di un uomo che dorma.

Fra l'invetriata a smeriglio verso la strada e le vaste intelaiature a cristalli verso il porticato, la portineria giace in un chiarore pallidissimo d'alba. In quella spettrale bianchezza, la nonna immobile sulla poltrona pare una figura di pietra.

Neve sopra neve cade in giardino, incappuccia alberi e cespugli, copre le panche di soffici cuscini quasi azzurri a fissarli, ricama cornicioni e balaustri, vuol dire alla fanciulletta tante cose, che questa cerca di comprendere e ancora non può. È una specie di lungo discorso in una lingua ignota, pieno di pause misteriose, dolcissimo.

Come le scotta fra le mani, la neve così fredda!... Tutto è divenuto più piccolo e più basso: le muraglie appaiono nerastre, torbide di macchie e di lividori: l'aria ha un odore strano: il respiro si fa corto sotto la vertigine delle falde bianche, che si rovescian sul bianco.

Ella pensa di essere rimasta sola nel mondo. Non più padroni, non più scuola, più nulla: nemmeno la madre. Le si dilata l'anima: le divien leggera leggera: aderisce alla neve, si (a un fiocco di neve, scompare nel bianco.

In un mattino di primavera, il giardino le fa un incanto.

Ha dovuto alzarsi prestissimo, all'alba, per eccezione. Ma, appena sbucata fuor dal portico, dimentica quel che ha da fare, per ascoltar, rapita, gli alberi che parlano.

Parlano tutti, fra loro, sommessamente, nella semiluce. Risa, domande, risposte, scherzi, esclamazioni. Oh, ella non ignora che quel chiacchierio è degli uccelli, cinguettanti nella gioia del primo risveglio. Ma l'illusione è stata così fresca e subitanea che non vi rinunzia, e preferisce credere che alberi e uccelli formino una sola creatura d'amore, che venga conversando con lei; e, volgendo gli occhi in su per meglio accogliere le confidenze delle palpitanti masse verdi, riceve per la prima volta la diretta sensazione del cielo.

Un cielo d'alba, fra il violetto, il cenerognolo e il roseo, con innumerevoli cirri che vanno vanno, cangiando di colore e tenendosi per memo. Come se il cielo le dicesse: Eccomi, guardami: vuoi venire a passeggio con me?...

Ed entrasse in lei, o ella entrasse a far comunella con le nubi; e sempre quell'innocente chiacchierar del giardino negli orecchi. Non v'era dunque, ieri, il cielo?.... e ier l'altro?... e non vi sarà domani?... Perché proprio in quest'alba se n'è accorta?... Le cose le son vicinissime, trasparenti, hanno occhi e respiro, parlano il suo stesso linguaggio: ella in crocia le mani sul petto, per custodirvi la felicità.

Del giardino diventa assoluta padrona nel l'estate, quando i signori della casa se ne sono andati in campagna. Le mancano da un giorno all'altro le compagne di gioco; ma non se ne addolora per nulla.

Ha il suo regno.

Lo sa tutto a memoria, lo ha tutto nel sangue, Dal più piccolo sassolino della più nascosta redola alla più rugginosa foglia d'edera avviticchiata con il gambo ad un angolo di muro. Sdraiata sul ventre, i gomiti affondati nell'erba, si gode con la voluttà di una lucertola Le ore canicolari, leggendo qualcuno dei suoi Libri magici. Vede formiche andare, ode mosconi ronzare, cicale frinire, frasche stormire, Campane suonare. Sente il buon calor terrestre entrarle nelle vene, e le pare di poter vivere sempre così. Ha una quantità di amici nel giardino; e ciascuno le vuol bene a suo modo. Il pino gigante che porta così amari frutici verdazzurri la considera un poco d'alto in basso; ma l'erba salina è così piacevole a masticarsi, così acidula ed eccitante al palato!... Le pazze rose giallo-carnee che assaltano il muro a ponente, dietro le tre magnolie di duro lucentissimo smeraldo, si ridon di lei, pungendole le dita e sfogliandosi subito nelle sue mani; ma il boschetto di magre betulle la conduce dolcemente, nel l'ombra ricamata di sole, ad un cancelluccio acchiavistellato che guarda su una straducola. Le piace, quella straducola. Pensa: È mia.

Ella è profondamente innamorata del sole. Sa che il suo colore è più splendente in luglio, più intenso in agosto, più riposato nel settembre; e che nulla è più soave agli occhi di una pallida lista di sole sui tetti in febbraio, quando dimoia e soltanto qualche ultimo sprazzo di neve biancheggia qua e là sugli embrici. Potrebbe, come una meridiana, dir l'ora precisa secondo il punto del giardino dove arriva il sole.

Gode di starsene sull'uscio di strada della portineria: in piedi contro uno spigolo, oppur seduta sullo scalino di pietra.
Quanti odori ha la strada!...
D'uva matura e di nespole in autunno: di pere cotte e di caldarroste nell'inverno, e d'aranci verso Natale: per via dei carretti che i rivenditori ambulanti di frutta spingono in giro, con certi richiami ritmici che a lei danno un senso di rigogliose campagne lontane, mai vedute e pur ricordate.
Nei mesi d'estate il solleone scalcina i muri, e li rende così abbaglianti che a fissarli vien sonno: tende gialle e rosse s'abbassano sulle vetrine dei negozi: il nastro di cielo che s'allunga fra le due linee parallele dei tetti è una lamina di metallo rovente. Dolce è non far niente, accucciati sulle pietre che scottano,

fiutando pesanti sentori e respirando il caldo.

Ma quel che la bambina non riesce a spiegarsi è come mai, nel febbraio e nel marzo, specie dopo qualche acquata, l'aria sappia di violette. Non ci sono, nella via, negozi di fiorai: pure, l'aria sa di violette. Dirà alla mamma, quando sarà tornata dalla fabbrica: — Domenica, vuoi che andiamo *per viole* ?... —

Oh, sì, si trovano, ella lo sa, fuori porta: occhieggianti nei prati a solatìo, su le prode ancor scure. Ma quel profumo nell'aria le è più caro delle mammole vere da sciupar fra le mani.

Nelle botteghe tutti lavorano. La conoscono, le fanno cenni di saluto:— Allegri, morettina!... — Proprio dirimpetto, un falegname stride con la sega fischiando fra i trucioli, un ciabattino al deschetto batte con il martello sui chiodi in fitti nel corame: la sega domanda, il martello risponde: la via ne risplende di contentezza.

Chi sa perché, ascoltando il canoro colloquio, le torna alla mente ciò che le fu insegnato come verità, dai maestri e dai libri, non appena ella fu in grado di comprendere: e cioè, che noi siamo tutti fratelli?...

Dunque, il ciabattino Panin, nero di pece, con un viso che pare intagliato nel cuoio delle scarpacce che sta maneggiando, e il falegname Vincenzo dal gran naso bitorzoluto e dai fitti riccioli sempre impolverati di segatura di legno, sono suoi fratelli. E anche gli operai della fabbrica. E anche i padroni. E tutti gli uomini e tutte le donne che le passan dinanzi senza darle neppure un'occhiata; e nessuno le rassomiglia, e non uno v'è fra essi che rassomigli ad un altro.

Curioso!... Però è bello.

Ma lei chi è?...

Di dove è venuta?... Perché è venuta?... e non prima e non dopo, ma proprio allora?...

Chi può affermare che ella non esistesse già prima, e non debba viver sempre, come l'aria, il sole, la terra e tutte le altre cose che sono?...

Si prova a raccogliere, il più intensamente che può, le forze del cervello sul significato della frase "io sono".

Essere: verbo ausiliario. Roba che insegnano a scuola. Ma, "io sono, io sono !..."

Frase che è un pozzo: e più la mente vi sprofonda, più la tenebra e il nulla le si scavan di sotto. Ella è felice di sentirsi sprofondar così. E se qualcuno in quei momenti le rivolge la parola, le chiede qualcosa, non capisce, non rispondergli allarga in viso due gelidi occhi assenti: dura: nemica.

In iscuola dovrebbero pur spiegarle il mistero della sua presenza nel mondo. Invece le vanno insaccando nella memoria un'infinità di cose inutili, che la raspan di dentro: cifre, somme, divisioni, frazioni: regole grammaticali: storie di gente morta da secoli. Han forse paura di parlare di *quella tal cosa?...* Ma alle sue compagne non gliene importa. Esse non pensano come lei; anzi, le sembra che non pensino affatto.

Fra le quattro pareti della classe, seduta in un banco e costretta a piegare il cervello a dritta e a sinistra secondo la volontà dell'insegnante, le par di trovarsi in prigione. È sicura, sicurissima d'imparar molte più cose, e assai più chiare ed importanti, bighellonando tutta sola sulla soglia della portineria.

Ha trovato un singolar modo di liberarsi, quando le riesce troppo arduo lo sforzo di fissare, immobile, le parole che escon di bocca alla maestra.

Trattiene il fiato, con labbra e denti erme ticamente serrati, per un minuto, per due, finché la faccia le si impietrisca in una cadaverica rigidità, e il cuore le batta a precipizio! V'è sempre la buona compagna che se ne avvede, se ne allarma, e ne avverte la maestra; e costa:

— Che hai?... ti senti male?... Esci, va a prendere un poco d'aria nel vestibolo.

Esce, con passo di sonnambula. Sa di re citare una parte, e ne è orgogliosa: nello stesso tempo, comincia anch'essa a credere di sentirsi male, molto male. E non le vien (atto di assaporare quei pochi minuti di rubata libertà: una cappa di tristezza la schiaccia, e là vita le par vuota come quel vestibolo.

Quante maestre, dall'asilo infantile in poi!... Perché, ad ogni nuova classe, si deve cambiar maestra?... La mamma non è forse una sola?... Ma nessuna di loro è buona come la mamma: nessuna ha sempre ragione, come la mamma.

Nella quarta elementare trova, tuttavia, un'insegnante sopraffina: che l'opinione generale della piccola città considera da anni la fenice delle insegnanti: Giovanna Santafè. Nella piccola città non v'è alcuno che ignori il nome ed i meriti di Giovanna Santafè. Giovanna Santafè discende da nobile famiglia decaduta, e della propria origine conserva il secco orgoglio e l'impeccabile distinzione dei modi. Nelle ore libere dà lezioni private a signorine di case patrizie, e in quella cerchia sa farsi rispettare e temere. Nella sua classe, quantunque ella non alzi mai la voce, la disciplina è assoluta; e non vi son ripetenti, perché il mètodo è di tal perfezione che non permette di fallire agli esami. Certamente sarà nominata direttrice.

Fra Giovanna Santafè e le allieve la distanza è incommensurabile. Il suo naso rincagnato sembra diritto, tanto il portamento della sua testa è rigido. Ma, per clemenza di Dio, un debole ce. l'ha anche lei. Non sa affrontare la prima canizie dei quarant'anni; e si tinge i capelli, con una tintura inchiostrosa e grassa, per cui qualche volta, sulle tempie, suda nero.

In una torrida giornata di giugno, dopo un'assenza di dieci minuti in direzione, Giovanna Santafè si presenta innanzi alle scolare con il viso, per la prima volta, scomposto. Sale in cattedra; e dice, solennemente, con voce che non sembra la sua:

— Giuseppe Garibaldi è morto.

Chi mai l'ha vista piangere, prima d'ora?... Eccola lì, che piange. Ma non si asciuga gli occhi. Lascia cader le lagrime, che tutte le vedano scorrere sulle ossute olivastre guance, lungo il mento eretto e convulso. Il suo pianto vuole essere un esempio: molte testoline, infatti, si curvan sui banchi, e scoppia qua e là qualche singhiozzo. Ma la nipote della vecchia portinaia Peppina resta con gli occhi asciutti. Non riesce a provar dolore, perché Giuseppe Garibaldi è morto. Giuseppe Garibaldi?... Lo vede chiomato di oro, ammantellato di vermiglio come negli innumerevoli ritratti, galoppante su un cavallo bianco in paesi a lei sconosciuti, e che mai, forse, conoscerà: oppure già vecchio, ma sempre cinto di oro e di vermiglio, in un'isola irta di rocce fra due azzurri.

Così lo vede. Di tal bellezza, che abbaglia.

Non è un uomo.

Non appartiene ai vivi: non appartiene ai morti. È un'immagine.

Piangere per lui non sa, non può. Tanto più che, trovandosi ella nel primo banco, vicinissimo alla cattedra, i suoi occhi intensamente asciutti scorgon troppo bene — parallele alle lagrime riganti le guance — due gocce di sudor nero, d'un nero oleoso di tintura, colar dalla radice dei capelli sulle tempie della perfetta maestra Giovanna Santafè.

Troppo vecchia e stanca diventa la nonna: non le è quasi più possibile alzarsi dalla poltrona. Ed ecco, un giorno vien lo zio, che è il figlio maggiore della nonna, e tiene una piccola pensione per ragazzi della campagna che vogliono frequentar le scuole in città. Viene con una carrozza, per portar la sua mamma alla propria casa: dove finalmente possa riposare.

—*T'ee finii, Peppina* — mormora la vecchia come fra sé, curva ma linda sotto la cuffietta e lo scialle, uscendo dalla portineria tra il figlio, la figlia e la nipotina. Ha già salutato i padroni e le padroncine, chiedendo sommessamente scusa di aver qualche volta mancato al suo dovere; e la grossa gentildonna, con poche, rapide parole buone, le ha messo alcune lire fra le mani. È già passata, con la schiena fin quasi a terra, dinanzi al ritratto di Giuditta Grisi, e alla sua cassetta da viaggio.

— *T'ee finii, Peppina* — poi un bacio alla figlia, uno alla nipote:

— *Ciao, Vittoria, ciao, Dinin*. — E la carrozza la porta via.

Qualche mese dopo Dinin viene chiamata in fretta in fretta a salutar la nonna morta, nella sua nuova casa in via delle Orfane.

La ritrova quieta e composta come sempre, con il viso impassibile incorniciato nelle trine della più bella cuffietta: solo, non ha più rughe, tien gli occhi chiusi e non fa la calza; ma in crocia le mani sul petto e con esse prega, perché la bocca è immobile.

Forse è spirata per la sofferenza di non poter più lavorare.

Così la morte si presenta, per la prima volta, alla fanciulla; con sembianze familiari, in casta serenità.

Ma accanto al letto della nonna se ne sta. in silenzio, fra i parenti, un ragazzo di quindici anni, di bellezza femminea. È il primogenito del l'operaia Vittoria: che lo zio si prese con sé fin da bambino, per venire in aiuto alla sorella quando rimase vedova, senza un soldo, sul lastrico.

Dinin lo. vede poco. Ne ha, quasi, soggezione. Perché è così bello?... Né lei né la madre son belle. Perché non hanno mai giocato insieme?...

Sa che egli si crede disamato dalla mamma, mal tollerato dallo zio: ha l'intuizione ancor confusa di qualcosa d'ingiusto di cui ella non ha colpa, di cui nessuno ha colpa, fuor che la povertà. E ogni volta che lo vede cerca di sorridergli, di essergli molto dolce; e lo chiama Nani, per abbreviargli il troppo lungo nome ; e si lascia, così per celia, abbrancar per le spalle da quelle mani che son viluppi di nervi; ma prova una pena, una pena...

Quel giorno, accanto al letto dove la nonna è distesa in pace. Nani sta, visibilmente, sulle spine. Una smorfia involontaria gli torce il labbro inferiore e i muscoli della mascella sinistra gli occhi fissano il pavimento o le muraglie, sfuggendo la vista dolorosa: tutto in lui ha l'aria di sfuggire.

La morte, che la sorella può guardar con calma già quasi consapevole, a lui mette paura.

Con la partenza della nonna vien, naturalmente, lasciata libera la portineria; e madre e figliuola han potuto ritirarsi in due microscopiche stanzette sotto i tegoli, nello stesso palazzo.
Un peso insopportabile è tolto dal cuore della fanciulla. Le due stanzette guardano il giardino: ella non vi scorrazza più con le tre padroncine, non lo possiede più da signora dispotica, come prima, nd mesi delle vacanze. Ma ora le par più suo: perché lo vede dall'alto.
Non è soggetta a nessuno, adesso.
L'indipendenza di cui può godere, anche per la quotidiana assenza della madre, viene a sviluppare in lei fino a quel grado di pienezza che diventa gioia, un senso in lei già vivo: il senso del tempo. Ella ascolta, nella cara solitudine della propria giornata; il tempo fluire. E come se sgranasse un rosario composto di quei chicchi d'antica ambra, che par condensino nella lor sostanza il sole. Se ne distrae soltanto nelle ore di scuola; per essa, in fondo, ore perdute. Non è felice se non quando, lontana dalla gente che per necessità deve frequentare, può riprendere intera la coscienza di sé, immedesimandosi nel giro perfetto delle ore solari, nel graduale dilatarsi, intensificarsi e decrescere della luce.
D'inverno un magro focherello basta a riscaldar la minuscola cucina: il .gelo intaglia sui vetri della finestra fantastiche foreste entro le quali la fanciulla galoppa senza briglia. Un cuscino di sdruscito cotone a fiori rossi copre la cassetta da viaggio di Giuditta Grisi. Vi siede di sbieco, di fronte alla fanciulla accoccolata su un panchettino, il figlio di sua madre, le rade volte che viene a trovarla.
Viene di corsa, fugge di corsa. Ha sempre quel suo terreo fondo di colore, quella bellezza un po' inalata che par di donna, quel sogghigno amaro che gli torce la bocca; e un modo, nel sedere, d'appoggiarsi tutto sulla spalla sinistra, alzando l'omero destro all'altezza della mascella.
Non possiede mai la croce d'un soldo. — Sei in fondi, Dinin?...

Oh, sì: ella ha sempre in serbo qualche moneta: ella, che a quattordici anni lavora già, dando alla meglio ripetizione a qualche bambina delle scuole elementari che stenta a portarsi avanti nella classe. Tutto costa così caro!... La carta a mano e le matite a carboncino per i disegni; e poi i quaderni, gli atlanti, i libri di testo. Ci sono anche le tasse; e la mamma, poveretta, si sa quel che guadagna. Pensieri, miserie ; mentre sarebbe così bello abbandonarsi, in ozio, come a lei piace, al fluire del tempo.
Suo fratello ?... Ma forse non lo è. Ella pensa a volte questa cosa impossibile: che quel figlio di sua madre che non abita sotto il suo tetto non le sia fratello.
Pure lo ama.
Non le somiglia: la finezza de' suoi lineamenti è quasi eccessiva: la mobilità de' suoi gesti, de' suoi occhi dà le vertigini. La passione del libro, comune ad entrambi, sola li infervora in ardenti discorsi. Egli interseca nel suo dire molti, troppi motti latini, poiché è stato un brillante scolaro al ginnasio; ma lo zio lo ha costretto a lasciarlo per la scuola normale: ci vuol troppo denaro per compir gli studii classici. Ed ecco, è uno spostato. Tolto dal suo latino, non si applica più volentieri; se la piglia con i professori, discute in classe, sciorinando cavilli d'avvocato; si fa temere ed odiare; attaccò già un de' maestri, il più pedante a vero dire, in un giornaletto di studenti, poligrafato, che ha per titolo "*La frusta* ".
Forse, alla prima bravata, lo sospenderanno dalla scuola: forse non potrà finire gli studi. È un predestinato alla vita di bohème: è della razza di coloro ai quali l'ingegno serve come un sasso al collo di chi si getta in acqua. La sorella sa che egli ha un'amante: Daria, la figlia di Ignazia, grossa comare che tiene un negozio di fruttivendola in via Santa Maria del Sole. Vanno a ballare — certe notti in cui Nani riesce a carpir la chiave di casa a insaputa dello zio — in un caffeuccio di studenti: bellissimi entrambi: lei con un viso ovale, bianco, di marmo, illuminato da immensi occhi azzurri a fior di testa, quasi privi di so-

pracciglia: lui sdutto, snodato, vero danzatore da palcoscenico, d'indiavolata agilità nel passo doppio di valzer, di resistenza senza pari nei vortici del galop: capaci di giungere alle quattro del mattino piroettando insieme senz'ombra di stanchezza.
— È proprio necessario far l'amore. Nani?... —
gli chiede la sorella che pur legge tanti libri, spalancandogli in faccia due occhi di torbida innocenza.
— Non son cose per te, Dinin !... — ride il giovine bizzarro.
— Tu lavori, tu sei saggia, sei la vera figlia della mamma: non capiresti. — Ma lo zio?,., se lo venisse a saper lo zio ?...
— Lascialo stare, lo zio. Lascialo bere!...
Sapessi quanto beve !... Ha già il suo da fare a mettersi in *cimbalis*, e rinfacciarmi allora con paroloni a bomba il pane che mangio in casa sua. Se la mamma... se la mamma... via, sai quel che voglio dire. Sarei forse un buon operaio, adesso.
La verità vera, ecco, è sputata.
Sputo di fiele, che lascia l'amaro in bocca.
Ma egli sa pure che, se non era lo zio, sarebbe stato l'orfanotrofio: che in portineria con la nonna due bambini (uno, pazienza, passi!...) i padroni della casa non ce li avrebbero voluti. La colpa non è di nessuno.
La sorella vorrebbe dirgli queste cose; ma egli non le bada, non riesce a star fermo. Prende un libro, gli da un'occhiata, lo getta. Il suo pensiero è chi sa dove, adesso. Di punto in bianco balza fuori a dire: — Hai letto I Miserabili?... — E si mette a rifar Gavroche, con spontanea efficacia di attore. Poi:— Guarda cosa ho imparato!... — E lì, sinistro clown, fa crocchiar le ossa dei polsi e le scapole in una specie di frenetico contorcimento, che a lei dà i brividi. Crocchia tutto, corpo ed anima. Dov'è la sua radice?... Non ha radice. E v'è sempre qualcosa di procelloso nel gesto d'addio con il quale egli l'afferra per le spalle e la bacia sulla bocca.
Poi si precipita dalle scale inghiottendo i gradini a quattro a quattro; e il suo spensierato fischiettare, che si potrebbe crede-

re suono d'ocarina o di flauto, va perdendosi dal giardino giù nella via.

No: la madre non è in peccato.
Che cosa avrebbe potuto fare?...
Nelle strettoie della necessità, ha accettato il soccorso donde le veniva.
Non credeva con questo di abbandonare il figliuolo: (chi li ricorda, se non lei — se non lei — i suoi riccioli biondi, il suo farfugliare grazioso, di quando aveva due anni?...)
Racconta, qualche volta, del tempo che era incinta di lui, e si abbracciava furiosamente il ventre, gridando: Caro, caro il mio *gognin!*...
A diciotto mesi, le faceva già di gran discorsi; e per la strada tutti glielo ammiravano: pareva il Bambino Gesù.
Ma — tredici ore al giorno in una fabbrica, per la paga di una lira e settantacinque centesimi: — si può chiederle d'allevar due figliuoli?...
Da anni ed anni si rompe la schiena così, e non riesce mai a cavarsi di dosso la stanchezza, e per illudersi canta: — si può chiederle di più?...

La fanciulla, che tutto questo medita e pesa nel cuore, ama infinitamente la madre. La madre è l'unica creatura che possa entrare nella sua realtà senza turbarla. Così dissimile da lei, le è necessaria come il senso d'essere al mondo; e formano insieme uno di quei monotoni ma armoniosi cori a due voci, *terza sopra* e *terza sotto*, che, cantati da gente del popolo, riempiono le campagne di pacata felicità.
Nei tramonti estivi, che par non vogliano mai arrivare alla notte, dopo aver mangiata la minestra e un pezzo di pane con un frutto, entrambe, braccio sotto braccio, se ne vanno alla benedizione, nella vicina chiesa di Santa Maria del Carmine.
Dolci lumi, dolce sentore d'incenso, fiori di carta e sospiri d'or-

gano: piccola gente ignota, tutta buona mentre sta pregando: delizia del torpore mistico, litanie gravi modulate in coro, certezza di Dio padre, serenità!...

Poi, sempre a braccetto, si dirigono verso i bastioni, a mangiar due soldi d'anguria. Grande è il cielo sugli ippocastani. L'aria è tuttora così impregnata degli ultimi riflessi solari, che ogni volto splende di un color sanguigno; ma qualche stella già trema nell'azzurro. I carretti dei cocomerai offrono, sotto gli alberi, fra dondolare di allegri palloncini giapponesi, fantastiche lune rosse: " Fette di luna per un soldo, oh!... Chi vuol la luna, un soldo!... "

La genterella popolana si ammassa ai banchi, getta monete, getta frizzi, affonda il viso nella gelida polpa, se lo bagna nell'abbondante succo acquoso, con risa e ciance, motti e ritornelli. Mamma e figliuola sembran sorelle, nella gioia di piantare i solidi canini bianchi nel frutto che, così fresco, ha il color del fuoco.

— Sai, questo non è nulla. Avessi visto !... Quand'ero a Robecco sull'Oglio, in casa Barni...

Son belli, vividi e pieni di tepori primaverili, i ricordi della madre. Pianure vaste come mari, stanze vaste come piazze, frutteti vasti come parchi. Lei, a venti anni: una creaturetta indiavolata, bruttina ma luminosa, che non si ruppe mai le caviglie arrampicandosi scimmiescamente sugli alberi, né mai s'intossicò mangiando mele acerbe e lazzeruoli verdi. E cento avventure, e cento meraviglie.

— Quand'ero a Robecco sull'Oglio....

Adesso è una povera operaia grigia di capelli, e porta lo scialle nero. Ma anche quando avviene che la figliuola capiti all'opificio, ed entri nel salone dei telai dove lavora, e se la veda comparir dinanzi, scarmigliata, polverosa, col grembiule sudicio, tra il fragor della trasmissione, i geometrici movimenti delle macchine e la roteante violenza dei cinghioni, piccola e misera qual'è a lei sembra alta ed austera, vestita di nobiltà e di padronanza. E prova — si — una segreta superbia d'esser figlia d'una tal madre. Unicamente da lei, e non per mezzo di parole ma di fatti, le viene l'insegnamento a vivere.

Canto fermo su accompagnamento d'organo, in una chiesa nuda, piena di poveri che ascoltan la messa: tali le loro vite. Ma una stonatura vi stride ogni tanto; e non si sa se sghignazzi o se pianga, spezzando la grave armonia dell'insieme: Nani.

La fabbrica è fuor di porta.
Ad essa conduce una pietrosa stradetta in di scesa, chiamata dagli operai " *la montada* ", cioè, nel loro dialetto, la salita: pensando certamente più al ritorno la sera con la stanchezza che all'andata il mattino, con membra riposate e forze fresche.
Grandi lettere nere sulla facciata: due nomi significanti denaro, comando, potenza: i soli dell'industria laniera, nella piccola città.
Un gruppo di fabbricati bassi, bianchi, con tetti di vetro opaco, all'americana: ciminiera altissima, che taglia il cielo in due, e " fa le nuvole con il fumo " pensa Dinin.
Nuvole nuvole di fumo, a spirali, a cumuli, d'un grigio nerastro, sporco, pesante, sulla fabbrica che reca a sommo della facciata così potenti nomi. Dalle finestre, il ritmico e rauco "tin - tan - tan, tin - tan - tan " del macchinario in moto. Dentro, l'inflessibile regolarità degli organismi di lavoro saldamente costruiti e saldamente diretti: tutto un mirabile congegno operante, dal primo dei direttori all'ultimo degli attaccafili, dalla motrice in gabbia come una belva al più umile degli ingranaggi. La disciplina vi è ferrea; le mancanze, per gradi, vi son punite con multe e licenziamenti. Gli operai, più di cinquecento, male sopportano — e pur Io devono per necessità — di ricevervi paghe irrisorie: acerbi ancora sono i tempi, per le leghe di resistenza e gli scioperi: se ne incomincia a parlare, ma sottovoce, come d'un cataclisma che debba capovolgere il

mondo. E, intanto: — Maledetti i signori!... Verrà pure quel giorno, miseria ladra!... —

La figlia di Vittoria osserva, ascolta; ed accetta ed accoglie in sé ogni cosa, con l'apparente indifferenza della terra che riceve le seminagioni. Sua madre non si lagna mai. Divenuta assistente in un reparto di filatura, più aspro sente il proprio dovere, più gioiosa è in lei la volontà di compierlo. Prima a comparire il mattino, ultima a partirsene la sera, nulla le sfugge di quanto è di sua competenza: non lascia impunita una chiacchiera, né persa una spoletta, né mal fatto un nodo.

Eseguisce il lavoro che le spetta, e pretende dalle dipendenti che il loro venga compiuto a guisa di un'opera d'arte, e come se la retribuzione ne fosse magnifica. Ha l'aria d'un soldato in guerra, che obbedisca alla consegna, costi quel che voglia costare, sapendo che si tratta di vita o di morte. Dice il direttore generale: Ah, se tutti qui fossero come Vittoria!...

È un bene? è un male?... Ella dà di sé, per poco più di nulla, ciò che darebbe una collaboratrice.

Non lo è, forse, una collaboratrice?... e allora, perché è pagata così poco?... Glielo chiede, la figlia: le risponde: — Eh, piccola mia, il mondo è così!...

Penetra, la figlia, attraverso le confidenze materne, in un groviglio d'uomini, d'interessi, di passioni. Conosce tutti gli impiegati: la faccia itterica e la superbia di Mompalao, che non condona una multa: la grossa bonarietà di Consonni, che la domenica va a bere all'osteria con i capi reparto, e per questo è tenuto d'occhio dai padroni, e le radici nella fabbrica, purtroppo, non le metterà: il rigore e la grinta da poliziotto di Ranalli, l'incaricato della visita alle tasche, nel l'ora d'uscita: e certo nessuno potrebbe compiere tale schifoso ufficio meglio di lui, che ha fatto cacciar la Rosalinda, mamma di quattro bimbi, per una matassa di lana ritorta, trovatale sotto il grembiule.

— La visita !... Mamma, e non ti senti morir di vergogna, quando devi rovesciar le tasche?...

— Figliuola!... Tutto bisogna sopportare. Basta non pensarci. Allegri!...

Si parla di certe antiche fate, al tocco delle cui magiche dita o al suono delle cui magiche parole la pietra si trasformava in albero fiorito, - le lagrime in perle e diamanti, i singulti in melodiosa dolcezza di canzoni. Nella sempreridente madre rivive forse una di quelle fate, dispensatrici d'ingenue meraviglie ?... Le domeniche di bel tempo, alleluia!... Si va in barca. I compagni, sempre gli stessi: Orsola, la tessitrice guercia che sa tante filastrocche quanti fili ha sul telaio: Francescone e Sergentin, macchinisti: le due sorelle Vestri, Emma bionda e Matilde bruna: tutta gente che abita al Revellino, di là dal ponte. Motteggi, celie grasse: chi ne vuole?... Ma la più giovine nella gaiezza, la più pronta allo scherzo ed al chiasso è la sempreridente Vittoria.

Francescone e Sergenti" tengono i remi. Jole e canotti radon le acque Con rapidità tripudiante, balenando nel passaggio sorrisi e pupille. Nuotatori diguazzano a robuste bracciate; ma le loro teste sgocciolanti a fior d'acqua, quasi fossero staccate dal corpo, Hanno una (issa espressione di spasimo che la figlia di Vittoria è forse la sola ad osservare; e il cuore le si stringe, e vincersi non può.

Se ne sta raggomitolata, in silenzio, nel fondo della barca: tutto quel verdazzurro laminato di sole le dà o barbaglio negli occhi. I compagni pensano che ella sia superba, e si tenga sulle sue perché studia alla scuola normale, e non si sporcherà mai le mani con le lane da cardare e l'olio nero degli ingranaggi; e la sogguardano con un po' di diffidenza. Ella invece ha, semplicemente, paura: paura dell'acqua ; e non lo vuol dire, per orgoglio.

Quell'elemento senza forma, senza compattezza, che elfo non può stringere nella mano o calcar sotto il piede; ambiguo, mutevole, traditore; che sta e fogge, che è ma anche non è; che lambisce e travolge, non le piace, non la rassicura, non lascia libertà e serenità al suo pensiero. Le pare sempre in agguato. Non arriva a comprendere la legge fisica per la quale una barca galleggia sull'acqua. Chiudendo gli occhi, finge a se stessa il momento in cui uno annega, e la sensazione che ne riceve è di una raccapricciante intensità. Che davvero ella stia annegando?... No: la barca fila dolcissimamente; Francescone e Sergentin remano in cadenza, gli altri cantano:

La Violetta la va la va,

la va la vaaaa...

la va in un campo, la se insognava

che l'era el soo gingin che la rimirava...

E nuvole nuvole nuvole bianche si specchiano, fuggendo, nella corrente; e vanno vanno, nuvole in. cielo e nuvole in acqua, barche, risate e canzoni. Chi le fermerà?...
Benedetta la terra, con le fondamenta delle case, con le radici degli alberi, con la solidità delle pietre, con la sicurezza delle belle carraie diritte fra verde e azzurro, simili a nastri di sole.
Verso la fine d'un aprile di piogge diluvianti, ecco che l'Adda straripa, assalta rive, case, campi. Terribile è l'Adda, quando sale. Un giorno che la piena è più alta, dalla fabbrica, in pericolo, gli operai son rimandati alle loro case. Che sorpresa, che gioia per Dinin, trovare, tornando dalla scuola, la mamma sulla soglia, che le sorride!...
Hanno entrambe l'impressione d'esser due scolarette in vacanza. Quale delle due è la più piccola? È vanno, a dispetto del piovischio, fino al ponte, per veder lo spettacolo come i signori a teatro.
Gran folla. — Una processione, lenta, nera, interminabile, di gente che parla sottovoce, con gesti di tristezza e di tenore; e pur rivela dagli occhi l'inconscia soddisfazione sadica che sempre è data, che a tutti è data, dal *brivido della disgrazia*.
 Il fiume arriva a qualche metro dai parapetti. Sommersi i granitici pilastri, fin quasi all'altezza degli archi. Lungo è il ponte,

di solidità secolare, con l'apparenza d'eternità che non è tanto dei monumenti eretti dall'uomo quanto delle elementari formazioni dovute alla natura.

Ma sembra, ora, ondeggiare come la barca di Francescone: non sicuro sotto i passi, so speso per miracolo nell'aria caliginosa, fra la tristezza del cielo e l'ira del fiume.

Il fiume?...

Non c'è più. Ha mangiato gli argini, inondato le strade, i prati, i boschi, le stalle, le cascine, a perdita d'occhio. Acqua e solo acqua. La massa dilagante, d'un torbido color terragno, sgorga dall'infinito per riversarsi nell'infinito; rapinando, fra blocchi di giallastra solida schiuma, pezzi di mobili, culle vuote (dov'è il bambino?...) tegoli, cenci, carogne.

E quel rombo!... Quel rombo sordo, vicino e lontano, che non è solo dell'acqua!... Della terra, piuttosto: soffocata dalla nemica che la preme e la sommerge.

Oscure parole del Vecchio Testamento, udite in iscuola, ritornano alla memoria della fanciulla: " E nel principio era il caos. Poscia, il Signore separò le acque dalle acque. "

Sta per ritornare il caos?...

Il natural terrore di lei per l'elemento liquido comincia a renderla inquieta: il senso dell'annegamento la ghermisce al cuore, le turba la vista, la fa quasi vacillare. Sempre, m ogni più grave momento della sua vita, quel sorso la riafferrerà; con la visione dell'Adda in piena.

Vorrebbe dire alla madre: — Andiamo, mamma, torniamo a casa—quand'essa, come uscendo da un sogno, mormora, pensierosa, guardando il vuoto:

— Sai?... Debbo dirti una cosa. Una cosa...

Ma alla fin fine non sei più una bimba; e poi, io ti ho sempre parlato come a una donna. L'altro di ho detto di no a Giusto Ferragni, il capo-tintore, che voleva sposarmi. Mi tormentava da tanto tempo!... Figurati !... Voleva sposarmi.

La fanciulla considera con stupore profondo la femminetta che

le sta accanto, e che non le sembra più la mamma. Semplicemente una donna. La vede qual'è; non più giovine, non ancor
vecchia. Forse quell'età l'ha sempre avuta. Lo scialle le nasconde la persona: la sciarpa, i capelli. Non si vedono le ciocche
grigie. La fronte nuda è un blocco d'energia: gli occhi guardan
diritto, sotto i vasti archi cigliari: c'è un potente carattere di
vita in quel volto dalle dure ombre, dai solchi nettamente se-
gnati. £ in ogni muscolo quel guizzar dell'interno vigore; e quel
riso, quel riso d'occhi e di denti!...
Una donna: che può, ancora, amare ed essere amata.
Per la prima volta essa le appare sotto questo aspetto; e più
sente di volerle bene: un commosso rispetto, una tenera trepidazione, verso di lei.
Ferragni: già. Il nuovo capo-tintore, venuto da Torre Pellice.
Quasi vecchio anche lui: grosso, ruvido, corto ma saldo sulle
gambe: un mastino di buona razza. Ora la giovinetta ricorda
certe recenti irrequiete insonnie della madre, nel letto comune. Da qualche tempo deperisce, di venta nervosa, un nulla le è
causa di lagno: sintomo grave in una natura come la sua. Ricorda anche, la giovinetta, di averla veduta, andandole incontro
una sera, salir la " montada " al fianco di lui: parlando fra loro:
e le son parsi, chi sa perché, lontani da tutti gli altri intorno.
Dunque l'amore non è solo dei giovani?... E come nasce l'amore?... E come finisce?... E che cos'è?.... L'amor di Nani per Daria,
l'amor di sua madre per Giusto Ferragni. Certe sue compagne,
alla scuola, le fanno confidenze d'amore che non le piacciono
perché la turbano ; mentre in un libro è tutta Un'altra cosa: vi
è la musica lusinghiera delle pagine stampate, che le trasporta
l'anima.
— Mamma, perché gli hai detto di no?...
— Perché non posso darti un padrigno, figliuola. È ben vero
che non si sarebbe più in miseria: Ferragni è ben provvisto, e
credo possegga qualche terra al sole, là al suo paese. Ma ha un
carattere così furioso!... Lui stesso lo confessa. E allora, capirai:

come sarebbe andata, con te?... Dolori su dolori, forse. Una vera mamma non dà, per nessuna ragione al mondo, un padrigno ai suoi figli.

— Ma tu?... Tu potresti riposarti, far vita migliore...

Silenzio. Piovischio. È il fiume che s'innalza o il cielo che discende?... Combaciano, quasi.

— Non importa — riprende Vittoria, stringendosi infreddolita nello scialle — non importa. Del resto Ferragni ha già chiesto e fissato un altro posto, nei suoi paesi. Partirà presto, fra alcune settimane. Oh, sai, bambina, gli uomini... fanno presto a consolarsi. Lassù ne troverà un'altra, se proprio ha la febbre del matrimonio. Restiamo io e te, Dinin. Io e te, sempre sempre....

Silenzio. Dinin vorrebbe, dovrebbe dirle che, forse, non ha fatto bene: cbe l'amore è una ricchezza troppo grande perché si possa respingere. Ma che ne sa lei, dell'amore?... e della maternità?... Se così la madre ha deciso, è perché la sua natura risponde meglio a questa riso luzione. Una parola l'ha colpita, in bocca di lei: "i figli".

I figli?... No, mamma: io.

All'altro pensi meno: forse perché non devi affaticarti per lui. Ma tu non t'accorgi di questo, e credi di volergli lo stesso bene che a me, povera mamma !... È per. me, per me sola, che hai detto di no al Ferragni. Tutti i sacrifici, tutte le carezze, tutto l'orgoglio per me. Ma io ti renderò quanto mi dai?... E se domani sulla mia strada trovassi anch'io l'amore che mi portasse via come fa con tante, dove ti lascio, mamma?... E tu che farai?... Non mi hai forse dato troppo di te, mamma?...

Pensa; ma non dice.

Voci che rombano in cuore, imprecise, torbide, con il rombo dell'Adda in piena. E il cuore le fa male, sotto il peso d'una responsabilità che prima d'ora ella non ha così dura mente sentita. Son lì, madre e figlia, ancora, per la vita, avvinte dal laccio di carne che unisce alla sostanza materna il neonato appena espulso. Così fragili, così effimere!... E sole. il cielo basso, color di fango, par le voglia schiacciare. Sotto i loro piedi, il ponte par debba essere inghiottito d'istante in istante. La madre si appoggia alla spalla della figliuola, che è già più alta di lei. E il fiume che sale, che sale a nasconder la terra: e nel cervello della giovinetta, coprendo ogni altro pensiero, le parole del Vecchio Testamento: "Nel principio era il caos. Poscia, il Signore separò le acque dalle acque."

Non è più lei, da qualche tempo. Fiacca negli studii: svogliata in tutto: opaca nel comprendere, e più tarda nel ritenere: giallognola nei toni del viso, con occhiaie talmente addentrate nella carne, da sembrar cicatrici.
Si sveglia, in piena notte, di soprassalto, per sogni paurosi di pozzi nei quali affoga e di muraglie {frananti sotto le quali soffoca. Il cibo le ripugna, alcune volte, con sensazioni di nausea intollerabili.
Le dice la madre, serena, senza falsi pudori:
— Non è nulla!... Tu sei sana come un corallo!... Sarai vicina allo sviluppo. Uno di questi giorni, oppur fra qualche mese, vedrai... Non t'inquietare. Sai pure cos'è.
Sì: ella crede di saperlo. Ne ha parlato con altre fanciulle; l'ha intravisto, dietro frasi sapientemente velate, in certe pagine di romanzi. Ma, quando giunge per lei la crudità della rivela zione fisica, il vero l'atterra.
È sola in casa. Maggio entra dal balconcino aperto, tacitamente frenetico, con tremuli riflessi di verde, tepor di sole, profumo di acacie e ronzii musicali di bombi in amore. Ella vorrebbe sempre udire ronzio di bombi in un silenzio verde. Tiene in grembo un'antologia, aperta su una pagina di versi eterni. Deve mandarli a memoria, per la prossima lezione d'italiano; ma non le riesce.
Non le si fissano nel cervello: rimangono sospesi a mezz'aria, per incanto, confusi con il tepor del sole, il profumo delle acacie, il ronzio felice dei bombi. Pensa una cosa bella, che le

sorride: nessun poeta ha scritto quei versi: nacquero meravigliosamente da sé, nell'animo e sulla bocca degli uomini, in un mattino di maggio. Son come l'aria, sono un elemento, si può sprofondarvisi...

Ed ecco, si sente davvero inabissare in acque profonde.

Quanti minuti rimane così, abbandonata sulla sedia, senza conoscenza?... Non sa. Ripresi i sensi, s'avvede, con uno spavento che la ragione non sa dominare, della mutazione avvenuta in lei.

Il suo sangue.

Non l'aveva ancora né sentito, né veduto. Il suo corpo ne è dunque tutto pieno?... Dentro, non ha che sangue?...

Purpureo, denso, caldo, con un odore che non somiglia a - nessun altro, un odore che la rende quasi folle. Dai piedi al cervello è il suo padrone. Se esce fino all'ultima goccia, la lascia morta. E se stesse per perderlo tutto davvero?...

Balza fino all'uscio che dà sulla scala, attraversa il pianerottolo, vincendo il peso di piombo che le mortifica le reni; e batte alla porta di Tereson - la governante del vecchio signor Antonio, impiegato in pensione.

Tereson sta rimettendo a posto, nella rastrelliera di cucina, i piatti ben lavati, lucidi a specchio; e brontola fra sé e sé, perché le si slabbrano proprio dove splende un filo d'oro. Ha petto esuberante, fianchi poderosi, camusa faccia energica, l'aspetto di una bella bestia sana.

Si mette a ridere a ridere, scuotendosi tutta per l'allegria, alle prime confuse parole della povera piccola: le presta subito, affettuosamente, cure materne: le dà qualche consiglio, la rimette in calma. O, almeno, lo crede.

E la rimanda con queste parole, frammiste a gorgoglii di riso fra il bonario e lo sguaiato:

— Ma va là, scema che non sei altro!...

Che ti serve, allora, aver letto tanti libracci?...

Ne avrai di queste noie, per lo meno fino ai cinquant'anni, che

Dio ti aiuti ad arrivarci!... Non vuoi essere una donna?... fare all'amore?... aver figliuoli?... Io te lo insegno, io, povera serva, che siam femmine solo per questo!...

Non le risponde. Sguscia nella propria camera, si butta sul letto: stronca.

Ha schifo di sé. Pensa che quella novità fisica la mette al livello della Tereson. Anche lei, ma sì!..,ma sì!... uguale alla Tereson. Tanto male, tanta vergogna, tanta schiavitù, fino ai cinquant'anni, fino a quando una donna è vecchia, cioè non esiste più... Perché non si può essere né donna, né uomo, ma un semplice spirito?... Un crudo bisogno di evadere dal proprio corpo le fa graffiar con le unghie la coperta. Sottostare alle leggi della carne le è odioso supplizio; e morde il cuscino e si contorce sul letto singhiozzando, in preda a spasimi di ribellione isterica.

A poco a poco i singulti si fanno più radi e più stanchi: l'esasperazione dei nervi si esaurisce in se stessa: strema di forze, la creatura umiliata si addormenta.

E solo nel sonno può evadere.

Via delle Orfane pregante in solitudine, antica e povera, tutta sassi, con un sottil marciapiede da un sol lato: dall'altro non v'ha che una muraglia bassa, a difesa di vasti giardini. Via delle Orfane piena di conventi, e di tacite case private simili a conventi. Quando il sole vi batte, chi passa vede troppo bene, in quel vuoto silenzio, la propria ombra; e ne rimane turbato. Canti e cinguettii d'uccelli vengono dai nascosti giardini: suoni di campanelle claustrali, tremuli d'umiltà e chiari d'innocenza, salgono dai cortili e dagli oratorii interni.

Per Dinin, via delle Orfane si trasfigura spesso in una strada-cimitero, fiancheggiata da cappelle mortuarie, sulla soglia custodite da un invisibile angelo. La chiama, dentro di sé, " la strada dei morti " ; ma non ne ha paura: da quando vide la nonna sul suo letto di serenità, i morti son per lei più calmi e più benevoli dei viventi.

In fondo, forma angolo con un vicolo: sudicio, oscuro: gli ha messo nome "il ladro", perché le sembra un ladro in agguato. Proprio su quel l'angolo sta la casa dello zio, maestro di scuola. Dinin non ha mai potuto sopportare lo speciale odore di quella casa. Odor misto d'inchiostro e di muffa, di ossame marcio, di vecchi cenci e di rifritto andato a male: che sta fra la pensione a buon mercato e la scuoletta di carità.

Pure, lo zio è persona istruita e con una cert'aria d'autorità nel secco modo di parlare, nel piccolo corpo diritto, nel lungo naso tagliente. E la zia ha l'aspetto d'una badessa tisica, sempre striminzita in un abito nero che il tempo ha reso lustro e verdiccio, con penduti orecchini di mosaico raffiguranti due colonne tronche, spillone di mosaico raffigurante il Pantheon. Sotto il peso delle colonne tronche e del Pantheon par eh' ella crolli, con la faccia cerea, le mani ceree, la schiena curva, la bocca amara ma rassegnata di chi nella vita non ebbe in sorte che ingiustizie e sperò sempre invano.

Come mai le cose sono andate così male?...

L'odore caratteristico della casa, che la piccola aristocratica non sa respirar senza nausea, è odor di disordine morale e di rovina. I due angusti dormitori degli allievi pensionanti, con le finestre aperte sull'orto dove non vivacchian che fagioli, pigre zucche, susini malati ed erbacce, sono ormai vuoti. I letti mostrano i sacconi sbadigliane dalle vaste scuciture; uno strato nerastro ed unticcio è rimasto nel fondo delle catinelle. La sala da pranzo è chiusa. Si mangiano, in cucina, certi intingoli di dubbio sapore, che ricordano il grassume con il quale la zia, rimasta miracolosamente d'un nero corvino a cinquantacinque anni compiuti, si spalma le lisce bande dei capelli.

Tristi discorsi, mentre s'inghiottono i cibi ambigui.

Era pur riuscito, lo zio, a mettere insieme una buona, comunità di diciotto o venti ragazzi, figli di piccoli possidenti del contado, da avviare alle lezioni pubbliche. Ma il vizio del bere gli ha guastato il carattere, inasprito i nervi, rammollito il cervello. Si bùccina anche, sottovoce, di una malattia inguaribile del midollo spinale; ma proprio in chiaro le cose non si dicono, e non si sanno.

Uno per uno, i pensionanti vengon portati via dalle loro famiglie; ed egli annega nel fiasco e nel bicchierino di liquore l'umiliazione e gli ultimi denari, schiaffeggiando ogni tanto, (di uno sfogo si ha pur bisogno!...) la moglie sempre più rassegnata, anche alle busse; e urlando contro Nani che, invece di studiare, fa il politicastro nella *Frusta*, scribacchia articoletti sovversivi nella *Voce dell'Adda*; e, per mala imitazione, si mette a bere anche lui.

— Mangiapane a tradimento!.. T'avessi lasciato dov'eri!...

Nani risponde con il suo più terreo pallore e con una scrollata di spalle ; e se ne va zufolando. Attaccato alle sottane della zia non resta che Pedrotto: un ragazzino di undici anni, con un visuccio del quale non si vedono che le larghe orecchie ad ansa e gli umili occhi di cane. È senza mamma: suo padre ha ripreso moglie, e, pur di averlo lontano, si accontenta di pagar la retta mensile, senza badare ad altro. La zia non può vivere senza Pedrotto: se L'è messo persino a dormire in camera, per non lasciarlo solo.

Ma un giorno il maestro è portato in barella alla casa d'angolo di via delle Orfane. L'han raccolto sulla strada provinciale, con una spalla e una mascella sfracellate dal tram a vapore. Non si sa se cadde, o se si buttò sotto per volontà di morire. Il tram non lo ha ammazzato subito; ma lo ha ridotto in fin di vita

Non v'è da piangere. Certe morti hanno la necessità senza remissione dell'ora che scocca. L'uomo era già finito. Bene è che muoia.

Sul guanciale, la sua testa fasciata di garze sanguinolente è tranquillissima, con il lungo e stretto naso a lama nel mezzo del volto, proteso in avanti come per dare un comando o lanciare una rampogna, anche in punto di morte. Piangere?... Perché?... Quel che accade è logico. Eppure la sua donna piange, che resta sola nel mondo, senza più nemmeno chi la schiaffeggi e la faccia soffrire.

Dopo le esequie, anche Pedrotto se ne va. Nella casa che a poco a poco si va spogliando dei mobili ad uno ad uno venduti, che sa di muffa e di acquaio, di pattume e di retrobottega, la vecchia si trascina, floscia, inutile, senza speranza, senza bontà: sola sua occupa zione, certi complicati lavori in capelli, su raso, su cartoncino, su fil di ferro, che puzzan di cadavere.

Alla fine, scompare!

Chi l'ha veduta morire?...

Forse non è morta: s'è dileguata.

Vi sono esseri che spariscon cosi, al pari di certi alberi nella nebbia, quando cade il crepuscolo di novembre.

Nani a Dinin, un mattino, trenta minuti avanti l'ora di scuola (la mamma è già partita da un pezzo per la fabbrica):

— Son qui un momento. Poi scappo. Sai, da oggi mi metto con Daria, nella casa di Ignazia: ci sposeremo al più presto. Ignazia & contenta: per forza. Diciassette e quindici anni! C'è da morir dal ridere. Due bambocci; ma Daria è incinta. Avverti stasera la mamma, quando torna dalla fabbrica: non mi pub negare il suo permesso. So che pensa di mettermi una branda qui in cucina, ora che entreranno i nuovi pigionali nella casa degli zii. Ma qui... è inutile: qui non ci son stato da bambino, non ci starà da grande. E pianto in asse la scuola. Chi paga i libri, ora?..

Gira la testa, a Dinin. Le danzano intorno i mobili e i muri. — Ma non ti manca che un anno di corso... Ma ti vuoi far mantenere da Ignazia?...

Bisogna pur guadagnarsi il pane.

— *Vir sum.* Ho già cercato, e trovato.

L'ingegner Giraldi mi prende come giovine di studio, a cominciare dal venturo mese. Due franchi al giorno... Non vi sarà da scialarla. Daria lavora da sarta. Poi verrà il bambino, e chi vivrà vedrà...

Il bambino!... Figlio di due fanciulli: proprio un bambino vivo, di carne e d'ossa, che strilla e vuole il latte, che cresce e bisogna allevare, quasi avesse padre e madre sul serio.

— Che hai fatto. Nani?.. Non hai pensato...

— A cosa?.. Sei carina, tu. da morir dal ridere. Tu non capisci nulla. Tu sei Dinin, che impara tutta la sua lezione e Crede che la vita si viva tirando tutte le somme sino all'ultimo centesimo. Sei un ritratto in cornice... Ma hai torto marcio. La vita è ben altra cosa, ben altra cosa, Dinin.

Uno strappone agli omeri, un bacio più con i denti che con le labbra, una piroetta, una sghignazzata fra il "te l'ho fatta "e il " me ne infischio"; e via a rompicollo.

Ella rimane, con la testa confusa e pesante, a raccogliere i libri per le lezioni. Gran differenza, fra i libri e la vita. Alla sua età, l'età di Daria, ella potrebbe dunque avere un amante, avere un bambino?... Il suo magro e svelto corpo non ha un brivido a tale pensiero: non un'ombra lo spirito. Solo, un freddo sgomento, un desiderio di sottrarsi, di rendersi libera. È Nani che ha torto: la sua è l'esistenza dei deboli e dei ciechi, travolti nella ridda, mangiati vivi dalle passioni.

Non la vuole. Le mette paura. Preferisce l'acqua pura bevuta dietro la minestra di riso e latte, il buon sonno riparatore dopo lo studio e il lavoro sereno, i poveri conti di casa, chiusi senza il debito d'un soldo, l'ordine che è pace, la solitudine che è indipendenza. Un uomo nella sua vita?... Ma nessun giovane si è finora voltato indietro per guardarla in istrada: oh, meglio, meglio così!... Comprende bene, adesso, per qual ragione la madre l'anteponga al primogenito, e metta in lei ogni sua speranza.

Però, la notte, dopo avere a lungo vegliato con la povera donna, nella fredda cucina e nel letto inquieto, sospirando e ragionando sulla triste novità, ella s'addormenta d'un sonno che non è il suo solito: d'un sonno tormentato, rotto da soprassalti.

E verso l'alba fa un sogno.

Ha un bambino accanto a sè: in una culla: tutto nudo, che vagisce. Sa che è suo. Come l'ha avuto?., e da chi?., e quando?... Non ricorda nulla. Nella carne, si sente , intatta e sigillata: un frutto verde. Eppure il bambino è lì, che si lamenta, stringendo i pugnetti; e il padrone è lui. Ella non potrà, non dovrà più fare altro che cullarlo, nutrirlo, servirlo, allevarlo. Un' implorazione piena di dolore trema in quel vagito che fende l'ombra e trapassa i muri.

— Io non volevo venire al mondo — pare che gema — guardate come son misero. Siete voi che mi avete chiamato; e adesso, adesso come si fa?...

Per calmarlo, se lo prende in braccio. Ma non sa tenere in braccio un bambino da poco nato. Quelle membra le sembran di

vetro, le fan quasi ribrezzo: tame di lasciarlo cadere, e che si rompa in terra: nulla di quell'essere risponde al suo sangue. E lui piange piange; ma il mugolio sconsolato si tramuta in un balzellante, sardonico sghignazzamento di Nani:
— Ah, c'è da morir dal ridere !.. La vita è questa, è questa, Dinin.

Tardi ella si leva, e sofferente: appena in tempo per correre a scuola: con le ossa peste dal sogno malvagio. Il posto della madre, nel letto, è vuoto. In piedi alle cinque, pian piano per non destarla, è partita per l'opificio. Pianse tutta la notte, e non poté assopirsi nemmeno un minuto. E non aveva la forza di al zarsi, così presto, e pur doveva; ma non v'ha tormento che possa permetterci di non lavorare.

Giornate austere, senza mutamento, a grado a grado allargantisi dalla primavera nell'estate: la madre alle fatiche solite, la figlia ai soliti studi.
Ai canti dell'operaia Vittoria scanditi sul re spiro dei telai giù nella fabbrica, rispondono dalle stanzette verso il giardino del palazzo di via Roma i canti di Omero. La fanciulla è finalmente penetrata, sangue ed anima, nella Poesia.
Molta carta stampata divorò sin dall'infanzia; ma non era Poesia. Molte pagine di versi studiò alla scuola ; ma ancora non li sentiva come Poesia.
Adesso vede: adesso comprende: tutto è trasfigurato.
I venti azzurri dell'Odissea, portanti dal largo echi di cori eroici: la bellezza di Elena, sola femmina nel mondo fra gli uomini e la morte: l'irruente cavalcata notturna degli endecasillabi dei Sepolcri, e sovra tutto certe immobili e portentose serenità del Leopardi la mantengono in quello stato di grazia, di dolcezza gaudiosa che prima le fu rivelato dall'ascoltare, attraverso l'invisibile e l'inafferrabile, il fluire del tempo.
Quanto è ricca!... Assai più della signora che un giorno le dis-

se: — Tu hai rubato: — assai più delle figliuole di lei, che ora studiano il pianoforte e le lingue straniere, frequentano i "balli bianchi ", si fanno mandare gli abiti dalle prime sarte di Torino, e la salutano un po' da lontano, un po' dall'alto. Buone, però. Lei non è buona: superba come Lucifero, invece, perché è così ricca.

Possiede il numero e l'armonia, il piede e l'accento; e una folla di visioni.

Sa che ne avrà, per sempre. Ora che ha scoperto il segreto della gioia, ne abusa. Quando va, al crepuscolo, ad aspettar la mamma dinanzi all'opificio, il cadenzato fragor della trasmissione, che fa quasi tremar l'aria intorno, si traduce per lei in endecasillabi e settenari altosonanti.

L'unico nella scuola normale che sia da lei considerato "maestro" è il professore d'italiano; e un sacerdote veramente egli le sembra, in una speciale ora della settimana che dalle allieve vien chiamata "l'ora di Dante".

È un sessantenne di aspra verdezza. Emigrò, giovanissimo, dalla nativa Trieste in Lombardia, per odio contro l'Austria e per passione di libertà. Il suo nome è Paolo Tedeschi.

Fu già negli ordini religiosi, e si spretò per prender moglie. Rude talvolta, di una battagliera probità: ingiusto mai. Un viso di condottiero antico, sbozzato nella pietra a colpi d'accetta e acre di bitorzoli: spalle da lottatore, bellissime mani da vescovo. Insegna con fervore, con lentezza appassionata; è mentre insegna ha sempre l'aria di studiare e di imparare anche lui. Ma nell'" ora di Dante "non fa che leggere; e legge come si prega.

Mai, fin che avrà vita, la figlia di Vittoria dimenticherà quella voce e quelle letture. Voce ricca di tonalità profonde, che non mangia una sillaba, non tradisce un accento, sale, scende, penetra, con un silenzio o con una vibrazione rivela tesori nascosti; e giunge a sembrar parte carnale del verso.

Tanto può la voce dell'uomo?... Le Cantiche sono in tal modo offerte alla fanciulla, né meglio potrebbero esserlo: senza commenti, nude, nell'interpretazione più vivente e più casta. Quel che il suo spirito non comprende, le è dalla musica (atto chiaro. Ella ne rimane spesso atterrata, nella dolcezza dell'estasi mistica. La poesia, così cantata a piena orchestra, agisce su di lei come un tempo le visioni celesti sulle sante, che ne cadevano in rapimento. Il maestro se ne avvede: ne stupisce: l'osserva: senza mostrarlo, la predilige sulle altre.

Un giorno, a tu per tu nell'aula rimasta deserta (illuminata ancor l'aria dal canto della divina foresta spessa e viva) le dice, accarezzandole paternamente i capelli castagni, la spalla gracile:

— Come sei pallida!... Ti fa così male la poesia ?... Se ti fa così male vuol dir che l'ami troppo. C'è tanta inquietudine anche né tuoi componimenti... Soffrirai, soffrirai, bambina mia.

Il maestro scherza, senza dubbio. A lei, che assapora la sensazione d'esser tutta vuotata del sangue, sembra che egli pronunci una bestemmia. Soffrire?... A quella sofferenza che è amore ed eccesso di vita, ella non vorrà mai rinunziare: del resto, si domanda se, a un certo punto di pienezza, sofferenza e gioia non siano la stessa cosa.

Impressioni di colori e di forme!... Ella non frequenta volentieri le case delle sue condiscepole: con una sola di costoro può andare, senza sforzo, a studiare in compagnia; e non ne ignora il perché.

Non per l'amica, una fanciullona buona come il buon pane, cresciuta in fretta, che a sedici anni ne dimostra diciannove e nel cuore ne ha dieci; ed è assai bella, un fiore; ma senza intensità di profumo.

Va dà lei, perché la sua casa le piace.

Un palazzetto antico, che fu, nel passato, un convento. Stanze a volta, fresche, imbiancate a calce, con mobili neri, ad intagli, e quadri di soggetto sacro, quasi neri anch'essi.

Che pace!... Una ve n'è, con le pareti frescate di episodi dell'Antico Testamento ; e non con tiene che un Cristo di legno, enorme; due cassapanche e un inginocchiatoio.

Nel cortiletto, dove stanno a studiare nelle giornate non piovose, ella passerebbe tutta la vita. Piccolo, ma sembra grande; cinto all'altezza del primo piano da una loggia in cotto: nel mezzo, un pozzo verde di muschio: erba intorno al pozzo: quattro lucidi lauri agli, angoli: e all'ingiro un portichetto di leggerezza aerea.
Bianche e nere, una volta le monachelle passavano in fila, pregando, dietro le colonne.
Il sole vi prende un altro colore, più ricco: (orse in causa del cotto, che ha un sì bel rosso, e nel tramonto si accende come la bragia.
Fra quegli archi, quella cimasa di ardor sanguigno, quei quattro lauri e la fanciulla si svolgon colloqui, dei quelli le parole son linee, luci, ombre, riflessi.
V'è un punto del giorno in cui, se il cielo è sereno, il sole giunge di sbieco fino ad un cornicione di finestra, abbracciato da un gelsomino rampicante. Quel punto del giorno è, per lei, lo stato di perfezione.
Vorrebbe fermarlo: fermarlo in sé.
E solo quando la sua vita sarà matura, ella si renderà ragione di un fatto che la lasciò per molto tempo dubitosa e turbata: il ritiro della sua florida compagna, per incombattibile vocazione, in un convento di clausura.
Le cause del dolce male mistico stanno in quella casa ex - monastero, in quelle stanze popolate di santi in orazione, in quel cortile di estatica bellezza claustrale. Le cose, a poco a poco, hanno inciso nell'anima fanciullesca la certezza che non si cancella più.
Dove sei, suor Innocenza?...
Tu hai fermato quel punto del giorno.

È il luglio torrido. La mamma si è ammalata. Bisogna compiere con viso sereno un atto di coraggio: accompagnarla all'ospedale.

La malattia (una bronco-polmonite) non è gravissima; ma dà pensiero per le conseguenze, e richiede cura e riposo.

Che strappo, lasciar la mamma distesa in quel letto posto in fila con tanti altri, e doversene proprio andare; e addormentarsi sola la sera, senza il conforto della lunga conversazione a bassa voce, al buio, nel tepore delle coltri comuni!...

Ogni giovedì ed ogni domenica, dalle dieci a mezzogiorno, ella si ritrova al capezzale dell'inferma, nella corsia Santa Caterina.

Ma, ecco: la verità è questa: se non fosse il veder la mamma con quell'affanno nel respiro, quella tossetta grassa, quegli zigomi che sembran carboni ardenti, ella troverebbe bellissimo l'ospedale.

Tutto le è fraterno là dentro: la lucente frescura dei corridoi, il bianco inesorabile delle pareti e dei letti, le vetrate che sembran squarci di cielo; e quell'odor misto di disinfettanti e di decotto d'orzo, e quelle suorette in cuffia data e scarpe di feltro, silenziose come la pietà; e quelle solide infermiere dal fazzoletto candido, incrociato sulla tunica a quadretti bianchi e blu.

V'è un ritmo d'ordine, anche nei malati. Più che di soffrire, han l'aria di riposare.

V'è una bellezza: pacata: piena di solennità.

Dalla bocca febbricitante, ma serena, di Vittoria (attenta intorno a sé e curiosa della vita a malgrado del male) la figliuola impara sventure e miracoli di tutte le inferme della corsia.

Discorre con le menò aggravate, con le convalescenti e gli umili congiunti che le vengono a trovare. Quella gentuccia le par di conoscerla da un pezzo: l'aveva in cuore, forse, e non lo sapeva. Dice parole di consolazione. Ne riceve, con semplicità.

Per la prima volta, attraverso la pena materna, il dolore altrui è entrato nella sua vita. Lo considera con occhio che sembra già esperto, gli va incontro con saldo cuore. Sente, timidamente ancora, che esso è elemento di fortezza e di ricchezza senza pari — e che respingerlo per paura o per egoismo vorrebbe dire impoverirsi.

Se ce la lasciassero, nell'ospedale, sia pure a lavorare, a confortar malati, fino a quando vi deve rimaner la mamma!... Come sarebbe contenta!... Uscendone, proprio nell'ora del mezzogiorno (groppo alla gola, pianto che non si vorrebbe lasciar scorgere e rientra dagli occhi nel cuore) non sa risolversi a ritornar nelle stanzette dove nessuno l'attende.

Può andar dove vuole: girellare per la città: fino a sera: fino a notte.

Da qualche amica?... da qualche compagna di scuola?...,È schiva, lei: è orgogliosa: senza invito non va:e poi si è in tempo di vacanze: il pretesto di studiare insieme non si può addurre. Dal fratello, che si fa veder così di rado dalla povera mamma inferma, semplicemente perché — dice lui — l'ospedale lo fa ammalare?...

Ma ha una casa, il fratello?.!. No. La casa è della grossa Ignazia. Nel retrobottega ingombro di legumi e di frutta andata a male, sentirebbe i lagni delle due donne contro Nani, che passa le sere all'osteria, toma alticcio e, per aver ragione, fa alla moglie violente scenate di gelosia; e non mette fuori un centesimo.

Quella piccola sposa della sua età, dal ventre gravido, la turba. Vorrebbe domandarle tante cose sulla sua maternità; ma le sembra che ella non sappia nemmeno d'esser madre fra poco. Nell'intimo, le ripugna. Quanto è bella, se pur resa deforme dal suo stato!... La sente di un'altra razza: la razza delle donne dalla carne felice, che fan voltare gli uomini per via e li attirano nel solco del loro odore. Sa che il disaccordo non impedisce a Daria, fra una burrasca e l'altra, di andar con il giovine marito ai soliti balli nei soliti ritrovi; profanando la propria gravidanza, esponendosi a un immediato pericolo di sconciatura.

Qualcuno dice che lo fa apposta... ...

Nemmeno la casa di Ignazia, dunque, per Dinin.

Dove andrà?... E mangiare?... Pazienza. Un pezzo di pane e un frutto si posson ben cacciar giù anche per la strada.

La strada è bella, specie quando si è soli.

V'è in questa solitudine, in questa libertà di cui ella fa, per istinto, uso così puro, una malinconia che non le sfugge, e per la quale si sente privilegiata.

La piazzetta dinanzi all'ospedale non ha che radi passanti: case chiuse, persiane chiuse, erba fra le pietre, gialliccia, bruciata dal sole. Qualche panca, sulla quale sedere e sognare.

Si direbbe che il silenzio vien dalle cose, e che le poche voci degli uomini non riescono a turbarlo. La facciata trecentesca della chiesa di San Francesco, raccolta in nuda purità, chiude la piazzetta con il segno di Dio.

La fanciulla entra nella chiesa, s'inchina, porta alla fronte le dita intinte nell'acqua benedetta, siede ad un banco, in un angolo.

È il suo rifugio.

L'ascetica penombra odorosa d'incenso, l'anelito verso l'alto delle navate archiacute, i santi in estasi sulle vetrate, le Vergini giottesche offrenti il Bambino dalle colonne sono altrettante trasfigurazioni dell'anima sua. Qui ella sente le parole "sempre" e " mai " terribilmente viventi nell'aria e nella pietra, e il loro significato ella vorrebbe concretare nei limiti del pensiero tesi fino allo spasimo; ma non può.

E prega. Non con umiltà. Ella non è umile: chi vive solo non è mai umile. Non implora: - Dio, aiutami - perché il proprio dolore lo accetta come vita, e non crede di aver bisogno d'aiuto. Più che preghiera, la sua è comunione. Con le forze supreme, alle quali non dà volto ma nelle quali crede, parla quasi a tu per tu. Il cerchio spirituale che la chiude è assoluto, come il segno di Dio sulla facciata della chiesa di San Francesco.

Un altro luogo di raccoglimento — e di bellezza — ella va spesse volte a visitare, per una strada fuori città, rettilinea tra file di platani e calme distese di prati. Il cimitero.

Vi dormono i suoi vecchi zii, la nonna, (il padre no, che riposa nel Gentilino di Milano) e c'è venuta da poco ad abitare anche l'opulenta signora che un mattino, già lontano ormai, non volle ella toccasse i gigli dell'aiuola; come se la sua mano fosse sacrilega. La morte, nelle prime ore, l'aveva resa così sottile e bella, da parere una santa addormentata: ora è quieta sotterra, e nessun segno di negazione o d'imperio né con il braccio né con la voce pub fare più.

Al cimitero, però, la giovinetta non va per la morte: va per la vita.

Né ella lo sa. Obbedisce alla potenza dell'istinto. Quando si trova nel recinto delle lapidi e delle croci, le sembra di esservi nata, e vissuta in pienezza. La serenità che vi respira è perfetta. Ogni epitaffio, spiccante in lettere nere o dorate sui marmi immersi nel verde, le racconta una storia. E il verde è più denso, più gonfio di succhi, che in qualunque altro giardino. Più dei tralci di rose architettonica mente condotti intorno alle tombe, più dei massicci festoni d'edera, di un plumbeo rugginoso alle basi, di un nitor metallico verso le cime, avviticchiati alle pietre macchiate d'umidità, ella ama i fiori plebei: dalie, astri, violacciocche, cinerarie, gerani, traboccanti alla rinfusa e frammisti alle anonime erbe, ai piedi delle umili croci. Ama le stelle bianche e rosee dei sancarlini e il loro odor di terra; e i lumini votivi, preghiere mute. I guizzi di smeraldo delle lucertole le dànno brividi di gioia, le sembrano parole nel silenzio. E quei ronzii di elitre azzurrastre, per il suo orecchio musiche di sogno; e quell'odore complesso di fiori vizzi, di fosfori, di materia in trasformazione, che la rende prima felice, poi incerta nel passo e greve nel cervello come un'ubbriaca...

Non prega. Gode. Occhi immobili la fissano benevolenti. Gode. Non viva fra morti, ma viva fra vivi, in un campo di sconfinata libertà dove nessuno' la turba, nessuno aspetta nulla da lei; ed ella basta a sé stessa, con la spontaneità d'un elemento.

Il suo bisogno di solitario vagabondaggio qui si placa: più in là non saprebbe andare: ove sono le tombe è l' infinito, e in esso ella riposa.

La mamma sa molte storie. Vere: di famiglie nobilesche, amiche o parenti della casa in cui nacque e visse fin dopo i trent'anni: vedute con i propri occhi, oppure udite dalle bocche dei servi, o respirate nell'aria come leggende.

La sua voce, nel raccontarle, (è tornata dal l'ospedale; e a questi pochi giorni di convalescenza conviene pur fare un incanto) è la stessa, fresca d'incorruttibile giovinezza, che dieci anni prima, giù nella portineria della casa, leggeva alla- nonna avventure di romanzi; mentre la bimba, di là, nel letto, ritta sui gomiti, con gli occhi sbarrati, in ascolto da ogni poro, riempiva della propria attenzione l'ombra della stanza vicina.

Ma v'è fra tutte quella che la bimba ormai donna ama di più: ch'ella vorrebbe sempre riudire, per sentirsi lo stesso gelido brivido scorrere dalla nuca al dorso: che poi si toma a raccontar da sé, addentrandosi con acuta crudeltà nella materia umana che la compone, per soffrire e goder più intensamente: la storia di donna Augusta.

STORIA DI DONNA AUGUSTA

Rimasto vedovo con una figliuola di quindici anni educanda in un convento, il conte Giorgione Dauli aveva, per tardo capriccio d'amore, già rovinando sulla cinquantina, sposata una giovine maestra di quel convento.

Novizia senza fede, destinata al chiostro dalla boriosa povertà della famiglia, la giovine maestra trovò gran ventura lasciare il soggolo per la contea.

Femmina di carnale magnificenza; con una nera testa del profilo d'imperatrice romana, racchiudente un cervello di passera. Nei primi tempi del matrimonio, il conte portò la sposa nell'avito palazzo di Lodi e fu un gaudioso spendere e spandere, una fantasmagoria di ricevimenti e di balli, un passar da splendore a splendore: erano i tempi delle feste per l'incoronazione del Bonaparte, Primo Console, divenuto imperatore; e l'aristocrazia lombarda pareva invasa dalla follia della danza, del lusso e del piacere.

La contessa Francesca divenne incinta; ma non per questo (docile in apparenza alla volontà del marito) ella rinunziò ad una festa sola.

E avvenne talvolta che, scendendo in gran pompa di vesti lo scalone marmoreo del palazzo, mentre la berlina l'attendeva alla porta, ella venisse assalita dagli urti di stomaco naturali in ogni principio di gravidanza ; e cercasse di curvarsi in avanti, per difendere il lussuoso camice bianco di moda, costellato di diamanti. Ma il conte marito, implacabile, dall'alto della pancia boccaccesca, reggendola per un braccio, gridava:

— Diritta!... Diritta!... Per San Giorgio!... Diritta, contessa!... Il conte Dauli ha denaro per altre vesti; ma il contino ha da nascer ben fatto!... Alta la testa, donna Francesca!..

E donna Francesca, obbedendo, vomitava nobilmente sul camice di raso bianco, costellato di diamanti.

Nacque, a suo tempo, un figlio che subito morì, con disperazione d'entrambi. Nacque, alcuni anni più tardi, Augusta.

La madre non l'amava. Amava, per inconcepibile anomalia, il figlio morto: lui soltanto. Un sordo rancore, pure inconcepibile, l'arrovellava contro il marito; quasi in lui fosse la causa della perdita del primogenito.

Augusta crebbe fra i pettegolezzi delle cameriere ; fra la guardaroba, la cucina e la scuderia.

A sette anni fu posta in collegio; mentre la figliuola di primo letto del conte Giorgione, donna Sandra, andava sposa ad un gentiluomo dei dintorni di Cremona.

E il conte e la contessa, con le sostanze dissanguate dal pazzo sperpero durato circa due lustri, si ritiravano in una villa cinta di poderi, a loro rimasta.

Essi ancor davano in buona fede il nome d'amore al più appassionato odio coniugale che potesse tenere avvinti una donna ed un uomo.

Rabbiose dispute, ad intervalli, scoppiavan fra i due; specie per questioni d'interesse. Alla fine di ognuna, assordato dalle isteriche invettive della moglie, il conte Giorgione andava disperatamente trascinando la sferica mole sulle corte gambe, per saloni e corridoi; annodandosi sul capo, come a difesa, un fazzolettone di seta a scacchi gialli e rossi. La contessa Francesca si precipitava in giardino, scarmigliata; e, brandito un paio di cesoie da potatura, le agitava sui fiori e sui rami, gridando:

— Taglio!... Taglio!... Taglio il matrimonio!...

Né le scene cessarono quando, compiuti i diciotto anni, donna Augusta tornò dal collegio.

Sarebbe poco il dire che donna Augusta era bella.

Tante donne son belle. Donna Augusta era la stessa bellezza.

Aveva ereditato la plasticità della madre e i suoi possenti capelli turchinicci; la carne perlacea e il lungo ovale dei Dauli; ma il segreto della sua venustà non era in questo; e nemmeno negli occhi troppo grandi, nella bocca troppo piccola.

Forse portava un anello incantato, al pari di certe principesse della favola.

Poco parlava: poco sorrideva. Ignorante. Nell'istituto Gamier di Milano, il più aristocratico e il più di moda a quei tempi, ella non aveva, a dir vero, imparato che a danzare, a strisciare elegantissime riverenze, a muovere il capo ed il passo a guisa di una dea. Tanto, che il conte padre tratto tratto esclamava, levando al cielo le corte braccia di sileno:

— Ah, *madame Gamier, i mèe danée!*...

Ignorante. Ma chi la vedeva una volta, non la scordava più.

In fretta la fidanzarono al barone Otto di Lowenthal, ufficiale austriaco, di guarnigione a Cremona: ricchissimo.

Nessuno si domandò se ella gli volesse veramente bene. Si lasciò mettere al dito l'anello di promessa, festeggiare, coprir di preziosi doni, senza dir nulla, senza mai perdere quell'atteggiamento d'impassibile idolo, che tanto si ad diceva alla sua bellezza.

Egli, sì, egli impazziva d'amore.

E quando l'improvvisa morte del padre lo richiamò a Vienna per regolare le complicazioni d'un'eredità quasi principesca, nel dire addio alla fidanzata sentì che il cuore gli si rompeva; ma, corretto fino allo scrupolo, nulla del suo spasimo lasciò travedere.

Sarebbe ritornato fra sei o sette mesi. Scriveva tutti i giorni. Sognava e soffriva di lei tutte le notti.

Donna Augusta intanto, a scacciar la tristezza, fu mandata dai genitori, come allora era costume, in "visita" per qualche settimana in una casa amica: del marchese Savelli, a Pontevico.

Era costui un gentiluomo, ammogliato e padre d'un grappolo di forti bambini: ancor giovine d'anni, prestante della persona e di modi cavallereschi. Si chiamava Arnoldo: schermidore e cacciatore formidabile. La sua villa era in quel tempo gioiosa d'ospiti. Quand'egli per caso si trovava accanto a donna Augusta, l'uguale impressione colpiva tutti i presenti: sembravan

fratelli. Più che fratelli. Si può esserlo?... V'è un legame di con-
sanguineità più stretto, più misteriosamente tirannico?... Fra
quei due, certo esisteva. Se vicini l'uno all'altra, si trovassero
pur fra mezzo ad una folla di gente, un muro invisibile li sepa-
rava da ognuno. Un muro d'aria.

L'armonia tutta pienezza e calore delle forme di lei, il ritmo
delle sue mosse, il significato delle sue poche parole e de' suoi
lunghi silenzi si adattavano a lui, si compenetravano e riposa
vano in lui, secondo una legge di natura più forte della ragione
e della volontà.

A caccia, egli su un cavallo nero, ella su un cavallo bianco, audaci ambedue sino al più folle rischio, facevan ripensare ai cen-
tauri; tale era il loro aspetto di regale animalità, e così salda la
loro aderenza alla groppa dei corsieri.

La Coppia: perfetta: intangibile: che a di stanze di secoli la natura si compiace di creare - e l'uomo di distruggere.

Il marchese Savelli aveva la disgrazia di possedere una piccola
moglie biondastra e pettegola, alla quale per il troppo chiac-
chierare a vanvera s'erano ingrossati i tendini del collo; e donna
Augusta era fidanzata al barone di Lowenthal.

Ma nessuno dei due poteva ricordarsene, se gli accadeva di fis-
sar gli occhi sull'altro.

Una notte furono uditi nella villa Savelli urli e pianti di donna
subito soffocati, e sbatter di porte e strisciar di passi nei corridoi. Poscia, silenzio pesante: sospensione di vita, sino all'alba.

All'alba, una carrozza chiusa, carica anche delle valige di donna Augusta, riconduceva la contessina, accompagnata dalla sua
cameriera, ai genitori.

Minute spiegazioni sul ritorno precipitato non chiesero costoro alla figliuola; si accontentarono di qualche pretesto inven-
tato lì per lì, e che sapeva di pretesto un miglio lontano. Non
ebbero, probabilmente, il coraggio di toccare il fondo, di pre-
tendere la verità, dinanzi a quella impassibile faccia di marmo.
Il rimorso, nella sua forma più oscura, più rudimentale, adden-

tò forse loro, per un momento, la coscienza: trovaron più facile annullarlo con il silenzio.

E proseguirono nella loro esistenza crepuscolare, rotta dai soliti rumorosi litigi, dopo i quali il vecchio conte correva a ravvolgersi, bofonchiando, il calvo capo nel fazzolettone di seta a scacchi gialli e rossi, che la servitù chiamava "il fazzoletto delle baruffe "; e la contessa Francesca si gettava a zig-zag, scarmigliati e cadenti sulle spalle i capelli ancor neri, attraverso i viali del giardino, gridando con un paio di cesoie da potatura brandite nella mano:

— Taglio!... Taglio!... Taglio il matrimonio!...

Spesso, in giardino, scendeva anche la fanciulla; ma sola, e quando era certa che nessuno la seguisse. E penetrava nel folto dei gruppi d'alberi e dei cespugli, e sceglieva e coglieva con ogni cura erbe delle quali, nella propria camera, componeva poi strane mescolanze, che inghiottiva di soppiatto, a ore fisse, mormorando giaculatorie e facendosi il segno della croce. E andava diventando del verde colore di quelle erbe, e il suo sguardo si smarriva sempre nel vuoto; ma non si lagnava mai; e a chi le chiedeva come si sentisse, rispondeva, aprendo di scatto la bocca ad un largo sorriso, suscitato dal tocco d'una molla interna:

— Io?... Benissimo.

Ma lo splendore dei denti spariva dietro le labbra subito risigillate.

Dei Savelli più nulla si sapeva, e nessuno più in casa ne parlava. A intervalli regolari giungevano appassionate lettere da Vienna, del barone di Lowenthal: due, tre insieme, talvolta: a più radi intervalli partivano per Vienna lettere di donna Augusta, brevi, quasi infantili, infiorate di qualche sgrammaticatura, simili a compitini di scuola.

Così trascorsero alcuni mesi. Ma la cameriera di donna Augusta, aiutandola a vestirsi o mattino, a svestirsi la sera, cominciò a dirle con sommesso rispetto, che a fatica nascondeva un'inquieta pietà:

— Contessina, bisogna far allargar le cinture degli abiti. Diventiamo grasse, lo sa?...

Al che donna Augusta invariabilmente rispondeva, senza guardarla:

— Ma nemmen per sogno!... Tu sei matta, Mariani.

Non era matta, no, la fedele Marianì: e ruminava tra sé, sospirando:

— Lo fossi davvero!...

Ma se la contessina avesse un poco più di confidenza in questa povera scema che l'ha vista nascere, tante cose si potrebbero forse rimediare a tempo.

Ma quando la maggior figlia del conte Giorgione diede in Cremona, il sabato grasso, un grandioso ballo, per assistere al quale donna Augusta giunse appositamente dalla campagna con Mariani, - la vecchia seguace tentò invano, due ore prima che si aprissero le danze, di allacciare in vita alla fanciulla i ganci della veste.

Un sogno era la veste: leggerissima, di velo rosa, a innumerevoli volanti, sparsi di capelvenere.

— Contessina, non si può. Qualche mese fa le andava a perfezione, se ne ricorda?... al ricevimento in casa Savelli a Pontevico. Ora non si può, non si può.

— Sì che si può. Si deve potere. Stringi, stringi, Mariani. —

Contessina, vuol morire?... vuol che sia proprio io ad ammazzarla?... L'ho vista nascere. L'ho tenuta in braccio quand'era piccola. E, nel tempo di quel tremendo tifo, notte e giorno non voleva che me. Sia buona, abbia confidenza in questa povera serva. È malata?... Non vede?.. Le spezzo le costole se tiro di più...

— Stringi, stringi, Marianì.

Stringi e tira, tira e stringi, i gancetti alla fine combinarono, l'abito fu allacciato, e Mariani guardò con terrore, ritraendosi, l'opera propria, come si guarda uno strumento di tortura. Ma la contessina, quantunque fosse più bianca delle sue scarpine di raso, rideva trionfalmente, di un riso che somigliava allo stridere d'una lama su un vetro.

— Ci sei riuscita o no?... brontolona d'una Mariani!...

E si fece appuntare un mazzo di gelsomini alla cintura, e una ghirlandetta degli stessi fiori sui capelli, cosi densi e lucidi da sembrar sostanza massiccia; mostrando di non accorgersi che le mani della vecchia tremavano.

Scese nelle sale.

Ballò.

Ballò con tutti, passando ininterrottamente da un cavaliere all'altro, da una danza all'altra; stupenda bambola meccanica che una mano invisibile caricava alla fine di ogni giro. Tutti la videro sorridere, d'un fulgido sorriso fisso, che pareva dipinto: pochissimi l'udiron parlare. A tratti portava le mani alla cintura, forse per rimettere a posto il mazzo di gelsomini, scomposto dall'ansimo del danzare. Sempre più pallida, sempre più pallida: bianca fin nelle labbra.

— Donna Augusta, vuole un'aranciata?...

— No, balliamo.

— Donna Augusta, è stanca?... Un po' di riposo, nel salottino rosso, di là?...

— No, balliamo.

Sempre più pallida; ma con due sinistre zaffate di carminio sotto le occhiaie: finché, verso le tre del mattino, stramazzò, volteggiando in un valzer, fra le braccia del duca Visconti-Arese; e venne portata via.

Né la veste si poté slacciare. Distesa sul letto d'una delle più remote camere del palazzo, dove neppur giungeva l'eco delle danze, le si recise la stoffa sulla pelle; e il povero ventre torturato, tumefatto, ne balzò fuori, dilatandosi, nudo come una confessione.

Non parlava. Solo le usciva dalla strozza un lamento, intrattenibile, sempre l'uguale, — mugolio di bestia moribonda:

— Ahi. Ahi. Ahi.

E si capiva che, pur nello stato di spasimo incosciente in cui era caduta, ella avrebbe voluto soffocare anche quel lamento; ma non poteva.

Nulla trovò da dire, né da fare, il medico di casa mandato a prendere nascostamente e penetrato per la porticina di servizio, come un ladro. Ella moriva perché lo aveva voluto: nel proprio silenzio, nel proprio sangue moriva, e nel proprio amore: affogandovi.

E null'altro le uscì di bocca, se non la monotona sillaba che lacerava l'animo dei congiunti, di Marianì piegata in due sopra di lei:

— Ahi. Ahi. Ahi.

Verso la sera di quel giorno, anche quel "ahi " le si impietrì sulle labbra. Ed ella rimase immobile.

Così donna Augusta passò di sua vita.

E con grande clamore la piansero il padre e la madre; e quando seppe tutto, l'uccise dentro di sé, come se non fosse già morta, il barone di Lowenthal. Poi la dimenticarono.

Ma quella che subito le andò dietro, perché senza di lei non poteva più vivere, fu la vecchia Marianì..

Gemito che viene dal mistero iniziale degli esseri, e da un altro mistero, la morte, è inghiottito: triplice gemito che non chiede aiuto, ma solo cerca di liberare la carne che soffre: la figlia di Vittoria se lo ritroverà nel cuore, se lo ritroverà sulla bocca, nelle ore di angoscia.

Con la vita, la madre le ha dato anche quel gemito: glielo ha messo nelle radici del- l'anima.

Per se stessa, e per gli altri: per i propri dolori, e per tutti i dolori umani: di supremo spasimo, ma anche di supremo amore:
— Ahi, ahi, ahi.

Storie d'amore, si. Storie, come questa, d'invincibile amore racconta serenamente l'operaia Vittoria alla figlia pensosa dei propri sedici anni. Non le sfiora nemmeno la mente il timore che le possano far del male. Per lei Dinin è sempre la miracolosa bambina che le seppe un giorno ripetere da capo a (ondo le disgrazie della Portatrice di pane, ascoltate, fingendo di dormire, dalla sua viva voce; che più tardi studiò con avida gioia la storia di Francia nei romanzi cavallereschi di Alessandro Dumas padre; che lesse tutto lo Zola senza rimanerne lesa. Il cervello della figlia è, per lei, nettamente separato dalla carne debole e caduca. Deve, la figlia, tutto ascoltare, tutto vedere, tutto sapere. Farà grandi cose, (orse, un giorno, (così si compiace di pensare la madre) quella figliuola che non è uguale alle altre ragazze. Povera mamma vecchia giovine: così giovine, che la fanciulla pare abbia vent'anni più di lei!...

E continua a raccontare.

Racconta bene, con pause e chiaroscuri d'inconscia sapienza, scolpendo le figure del suo ricordo con pochi tratti essenziali, illuminando all'improvviso certe scene con vivissime luci istantanee, frescando alla brava quadri d'insieme: guidata da un istinto d'arte che ignora di possedere, e morirà ignorato con lei.

E siccome ripete spesso le sue narrazioni, e ogni volta con nuova lucentezza e singolarità d'immagini, i paesi e le creature da lei evocate s'imprimono nei sensi della fanciulla, oltre che nella memoria: come luoghi dove ella abbia lungamente vissuto, come consanguinei dei quali ella conosca ogni ruga del viso, ogni piega dell'animo.

Non udì ella cento volte la vuota risata di donna Emanuela, la patrizia tutta riccioli e capricci, che mutò cento amanti e non ne amò nessuno?... Aveva uno strano intercalare, che frammetteva in ogni discorso, fissando l'aria e flautando la voce: "Stupendo, stuupl... " Altra al mondo non ebbe così piccoli piedi. Dalle sue folli peregrinazioni per l'Italia e per l'estero piombava talvolta, fugace rondine dalla finestra, nella casa del marito da lei diviso, per abbracciarvi i figliuoli con improvvisa, querula passione materna; mentre il marito, con una faccia di condannato a morte, si serrava a chiave nel proprio studio, per non strozzarla. Poi, canterellando, rispariva. Non la vide ella morire, di schianto, per sincope, durante una cena d'ufficiali a Napoli, nel momento in cui alzava una coppa di sciampagna verso la fiamma d'un candelabro, invitando il suo ultimo amante a specchiarsi?... I compagni di mensa, alticci, spruzzavan di sciampagna alla spirante il viso impiastricciato di belletto; le labbra scarlatte per il minio invocavano puerilmente, prima d'irrigidirsi per sempre: Caffè....

Non condusse ella vita comune con miss Vivien Hall, l'amica inglese del gentiluomo lombardo che in tempi eroici sacrificò alla patria gli averi, la libertà e la salute?.. Miss Vivien Hall; ancor quasi bambina in confronto di lui: dinoccolata, acerba, con lunghe gambe di razza, leggeri capelli color di paglia, che intrecciati sul capo parevan pochi e sciolti la ammantellavan tutta: occhi vuoti, due pezzi di cielo lavato dalla pioggia.

E cip-cip, e cip-cip: una passeretta: felice di vivere in una antica villa con lo stemma sul portone, e d'avere ai suoi piedi un *gentleman* italiano, e anche di tenere un pollaio, una conigliera, una scuderia, dieci cani, un vivaio di pesci: rampiconi mezza la giornata su per gli alberi da frutto, con quelle lunghe gambe rischiose: sempre in movimento, pestando il pianoforte con la stessa alacrità che metteva nello slanciarsi in pazze corse a cavallo.

E un modo, un modo così carino di storpiare nel suo esotico linguaggio il nome del l'amico: Chis-tòo-fo?... Chis-tòo-fo?... — che don Cristoforo ne era ammaliato, e in quella magra levriera biondiccia s'illudeva di possedere il mondo.

Ma non era vero che la possedesse, perché nessuno di noi è assoluto padrone di un altro. E un bel giorno la bizzarra inglese scomparve; e non fu più veduta scavallar per il parco e dar la scalata agli alberi, cinguettando a cavalcioni di un ramo: Chis-tòo-fo!...

Storie vive, storie umane, con l'attrattiva senza pari della verità. La Lampada d'Aladino, Cenerentola, La Bella nel Bosco dormente non hanno interesse più vivido per la figlia di Vittoria, che in fondo non ama l'inverosimiglianza delle fiabe. Ma se fra tutte la più appassionante è quella di donna Augusta, la più dolce ad ascoltare è quella di donna Teodosia:

STORIA DI DONNA TEODOSIA

Donna Teodosia è ancor viva, ha la stessa età di Vittoria, condusse accanto a lei lieta esistenza nella villa di Robecco sull'Oglio, e nel palazzo di Lodi. Ora è maritata a un gran signore, in una città dell'Italia meridionale: madre di forti figli, dama d'alta pietà. Sommersa nella lontananza, ha certamente dimenticata l'umile compagna dell'infanzia e della prima giovinezza; ma quando l'operaia ne parla, è con il tenerissimo senso di nostalgia con cui si ricorda una sorella perduta.
Che fiore era donna Teodosia, a sedici anni!... Un fiore bruno. Appena reduce dal collegio, chiusa in uno di quei casti abiti che usavano allora — collaretto candido, vita attillata, gonna a crinolina — con quel profilo color d'ambra chiara, di cammeo, ombrato da pesanti ciglia e da due cascate di riccioloni d'un nero che pur rideva di luce, a vederla per via non c'era uno che non si volgesse, abbagliato; ed ella chiedeva a chi le camminava accanto, morbida, con voce molle:
— Tutti mi guardano: sono bella?...
I suoi piedini non toccavano quasi la terra, e non si sarebbero mai feriti su pietre. Viva; ma a mezz'aria, sospesa ad un sogno; e assai men viva della vertiginosa figlioccia di Giuditta Crisi, ch'ella chiamava Vittoria - terremoto.
È timida; ma la compagna la trascinava: — Niente paura, con me!... E quanto correre e ridere e pettegolare e dar la baia a mezzo mondo; e innocente civettar dietro i cancelli del parco, con i giovinetti del paese!... Poi, i ballonzoli sulle aie e nei prati (niente orgogliosa, donna Teodosia): le burle al buon curato, e, per farsi perdonare, i fiori di carta e le tovaglie ricamate per l'altare della chiesa; e le notti bianche trascorse in giardino, serrate l'una all'altra, corpo ed anima nell' incanto del lume lunare e della, giovinezza ebbra di sé...
Poi, la guerra del cinquantanove. Solferino, San Martino. Le

ambulanze. La villa patrizia trasformata in ospedale da campo, con medici, infermieri, gabinetti di chirurgia: le guardarobe ridotte a laboratori! di bende e filacce: i saloni, i corridoi senza fine, a dormitoci per i feriti.

Le ambulanze. Quante!... Lentissime, a distanza le une dalle altre, senz'ordine, sotto la rabbia del sole canicolare o della pioggia temporalesca, giungevano con il loro carico di dolore. Quei francesi, che poco tempo avanti erano stati visti partir per la guerra, pomposi, brillanti, in tutto punto, alcun d'essi portando, oltre al fucile, un uccelletto addomesticato, un gattino, un cagnolino su una spalla: quei piemontesi duri di scorza, ispidi nel volto e pieni di fegato, tornavan sui carri, (quando tornavano) gemendo come fanciulli che implorin la mamma, amputati e medicati {dia meglio sul campo, chi senza un braccio, chi senza una gamba, chi senza gli occhi: con le bende miserevolmente incollate al marciume crostoso e puzzolente delle ferite; con la gola martirizzata dalla sete; con le vene vuotate dalle emorragie o incendiate dalle febbri.

— Donna Teodosia !... Presto !... Arrivano !... Corriamo!... Son qui!...

Quel carro, che, scostati i tendaggi carichi di polvere, mostrò alle giovani donne interrorite un gigantesco zuavo, cresputo e fosco, nudo dalla cintola ai ginocchi, rivelante fra il disordine delle medicazioni un'orrenda ferita all'inguine !...

Quei due ragazzi in una vettura, con poveri visi supplichevoli di bambini messi in castigo, che insieme non possedevan più se non due braccia e due gambe!...

Quel granatiere francese, che più non aveva apparenza di uomo, e si raggomitolava e si con torceva fra le convulsioni, ululando con arrotar di denti:

— *A boire!... Oh, de l'eau... de l'eau, par pitié!...*

Su e giù per le improvvisate corsie, con brodi, cordiali, medicine, disinfettanti. Il profilo di cammeo di donna Teodosia si affila per fatica e per pietà; ma più intensa si fa la sua grazia. E i giovani cuori han pur diritto di battere, sotto le ferite. Lunghi sguardi di convalescenti, pieni delle parole che non osano dire!... La contessina passa, sorride, ha soavi gentilezze per tutti: sempre con quella sua aria di creatura sospesa ad un sogno, e che sfiori con le seriche scarpine qualcosa che non è la dura terra dei peccatori.

Ce n'è altri, che sospirano dietro Vittoria-terremoto: sempre allegra: piena di coraggio: pronta alla più dolorosa medicazione come al più gaio conversare: occhio furbo, cuor leggero, spumeggiante riso, balzati vivi vivi da una commedia del Goldoni. "Italia, Italia " pronunziano le bocche con fervore. "Oh, signorina, se mi permetteste d'amarvi!... " pensano i cuori con tremore. E qualche bigliettino, e qualche stretta di mano, e qualche labile promessa, e l'illusione eterna... Ma duran poco i convalescenti, nella villa-ospedale. Ecco, partono, sono partiti, non torneranno più...

...Anche donna Teodosia è partita, recando con sé il tempo dei fiori, il tempo che non torna più.

Mentre la donna si abbandona al suo dire, beata dei propri ricordi, e parla più per sé che per colei che l'ascolta, non s'avvede che la figliuola le va guardando attentamente le mani.
Piccolissime: affusolate: corte nelle falangi, ma di tale mobilità espressiva che disegnan le immagini suscitate dalla parola: la loro bianchezza è quasi azzurra, intersegnata di vene violacee.
 Vivon da sé, e sembran staccate dal corpo, quantunque unite ai polsi con aristocratica fragilità d'attaccatura ; e le braccia continuano con linea quasi incorporea la leggiadria delle mani. Né fatiche né età poterono ancora intaccarle: ridon da sole, prima della bocca.
Silenziosamente, religiosamente, la giovinetta si pone a confronto con la madre; e ritrova, riprodotte in sé, sotto una pelle più ambrata e percorsa da sangue più giovine, la stessa delicatezza d'attaccature, la stessa rete di vene fra l'azzurro e l'ametista, a fior dell'avambraccio e dei polsi; quasi discese fossero entrambe da una razza di nobili, affinata, consunta attraverso i secoli. Uguali anche, però, nella resistenza dei nervi, nella tempra della volontà, nella fondamentale sanità dell'organismo. La piccolezza alata delle mani forma contrasto con la fronte massiccia e la quadra ossatura delle mascelle.
Com'era il padre di sua madre?...
Non sa. Non lo conobbe.
Com'era il marito di sua madre?...
Non sa. Non lo conobbe. Aveva un anno quand'egli morì.
Né può, pur volendo, chiamarlo "babbo": se chiede di lui alla mamma, dice:" tuo marito ".
Del resto, la mamma, che pur chiacchiera così volentieri sulle cose passate, su questo punto è pressoché muta: non narra mai di lui vivo e operante, ma solo di come morì, all'ospedale, di tifo ; e della nuda miseria in cui la lasciò.
E conchiude il breve discorso con uno stanco socchiuder d'occhi e un "basta!..." che è un taglio netto.
Di certo v'è questo: che il nonno, e anche il padre, appartenne-

ro a genuina stirpe campagnuola: che i loro vecchi, e i vecchi dei vecchi, furon gente rude, da aratro e da zappa: il che non ha nulla a che (are con le esili mani venate di viola.

Chi dunque gliele ha date, quelle mani, a sua madre e a lei?... Lo sa.

Glielo ha detto Giuditta Grisù fin da quando la portinaretta si perdeva in muti colloqui con il ritratto della cantatrice.

Meravigliosi discorsi!... Memorie di viaggi e di teatro: palcoscenici accecanti di luce, estasi di pubblici rapiti nella melodia: la folla pareva un sol uomo, e il suo entusiasmo si tramutava in magnifico furore. Sorrisi, doni di regine e di re. E amori. Amori: rapidi come una rappresentazione d'opera, veementi come il gesto del tenore che ammazza la primadonna.

Nessuno ha udito quel che le disse Giuditta Crisi. Nemmeno la nonna, curva sulla sua calza, mormorante le avemarie del suo rosario; che non ricorda più d'essere stata, nel tempo, la seguace della Diva; al pari di essa esposta alla ventura delle strade e delle locande, ai capricci delle quinte, al magnetismo delle platee. Incolore, ma leggiadra; e la leggera claudicazione le dava (orse la grazia d'una Luisa di La Vallière....

Romanzo?.... Sia pure. Per lei, romanzo e realtà sono la stessa cosa: ciò che esiste nella sua immaginazione le appare blocco di vera vita.

Ha un antenato, che fu grande artista e gran signore. Non ne sa il nome, non ne sa il volto. Ma non importa. Le piace immaginarselo. Sua madre e lei portano gli intimi segni del suo spirito, i visibili segni della sua figura. I singolari contrasti che risaltano nella" - persona del l'operaia Vittoria hanno la lor ragione in lui: quella delicatezza e quella forza, quell'amor della poesia e del canto, quel far della vita un'opera d'arte, con gli elementi del travaglio più umile.

Ella trova anche, in lui, la ragione logica di sé stessa: della propria sensibilità: della ricchezza interiore che a volte l'ingorga. Fu egli uomo di teatro?... o solo raccostò per passione?... Certo è per questo che, nella platea d'un teatro (le poche volte, ahimè, in cui la mamma la può condurre con qualche biglietto di favore) ella si sente a posto, si sente a casa sua. E sa che, se le venisse permesso di salire sul palcoscenico, una sola volta, così per gioco, non sbaglierebbe uno scalino né una porta, non fallirebbe un passo, riconoscerebbe ogni quinta, ogni tavola, ogni fondale. Respira con felicità di polmoni quell'atmosfera carica di fiati umani, di misti profumi, di magnetismo animale, di musiche, di fosfori. Le pare d'averla sempre respirata. E le antiche figure della scena le conosce una per una, le ha vissute nel corpo e nello spirito, le ha portate con sé nascendo, chi sa da quali profondità.

Offende forse qualcuno, abbandonandosi a simile orgia di fantastica indagine?...

Di nulla e di nessuno, alla fine, le importa; fuor che di spiegare sé a se medesima.

La famiglia?...

Che cosa è la famiglia?...

Sua madre, e lei.

Una sera la mamma torna dall'opificio accompagnata da Selma, la custode, e dalle due fide sorelle Vestri. Trascina il passo, e ha un braccio al collo.

Un rampone rugginoso le ha ferito — gravemente — il palmo della mano destra.

Subito è stata condotta in una farmacia per la disinfezione, e, là, medicata e fasciata con cura; ma ora si sente male, batte i denti per una febbriciattola nervosa, e deve mettersi a letto.

Ma non dorme.

La febbriciattola le chiama a fior di pelle un sudor freddo, e sulle labbra una ridda di frasi monche, senza nesso: lo spasimo della ferita le picchia sul rapido ritmo del polso, salendo con intensità sempre più acuta dalla mano alla spalla.

La figliuola veglia con lei: l'aiuta, verso il mattino, a rinnovar la fasciatura spostata.

Oh, quella mano così piccola, quella ferita così grande!...

Un buco sinistro, con orli tumefatti, irregolare, che quasi trapassa dal palmo al dorso.

E se dovessero tagliar la mano?...

L'infezione si propaga al braccio, che gonfia e duole: giorni e notti passano, di sofferenze di timori non detti ma pesanti, di piombo, per il cuore che li nasconde. Si forma, su all'ascella, un ascesso di natura maligna.

E se dovessero tagliare il braccio?...

Tenori infondati, per fortuna: i soliti terrori del troppo affetto.

Di tal sanità è la magra sostanza di lei, che, qualche settimana dopo, ogni pericolo è scongiurato; ma il braccio è tuttora al collo, e non tornan così presto le forze.

Con l'altro braccio ella s'aiuta per le faccenduole di casa; e dice:"
Anche questa volta *una pezza* ce l'abbiamo messa. Sta quieta, figliuola mia. Non mi vuole né il Signore né il diavolo !...

E canterella:

> *Ah, non credea mirarti*
> *Sì presto estinto, o fiore...*

Tiene due o tre vasi di gerani rosa al balconcino. Che grande bene, per lei, avere o tempo di curarli un poco!... Li vezzeggia, di scorre' con essi: dice tutto lei, domande e risposte.

Le vien fatto persino di declamare, con en fasi leggera che molto le si adatta, le sestine di Mea e Costo del Guadagnoli, e quelle del Naso; e molte facili strofe di Arnaldo Fusinato: a memoria.

Il morbo infuria,
il pan ci manca,
sul ponte sventola
bandiera bianca.

— Non te l'ho mai detto, Dinin?... Quando tu mi sgambettavi dentro il ventre come una piccola saltimbanca, io non facevo che leggere le poesie di Arnaldo Fusinato. Portavo il volume con me, in laboratorio: nell'ora di riposo tutte le cucitrici mi stavano ad ascoltare. Anche tu, ne son sicura. Giacilo, Le due Madri, Suor Estella... Le cucitrici piangevano. Specialmente per Suor Estella!...

Pallida un giorno più dell'usato
del conte Ubaldo s'asside allato...

La mano, intanto, non cicatrizza ancora. Son venti giorni che la mamma è a casa. S'è fatto qualche debito; non si può lasciarlo invecchiare.

— Vuoi andar tu, figlia, alla fabbrica, a chiedere il pagamento delle giornate?... Me le debbono: mi son ferita sul lavoro. Chi sa non ti diano qualche liretta di più: ci farebbe comodo , eh ?...

— Sì, mamma: vado.

È grande lo sforzo che compie su se stessa; grande come il suo orgoglio. Scendendo la *montada*, un pensiero le picchia nel cervello. Lei potrebbe ormai benissimo essere un'operaia della fabbrica: come la mamma: come le sorelle Vestri. Sarebbe bastato che la mamma le dicesse:

— Io non posso mantenerti agli studi.—E allora il telaio, le tredici ore di fatica, la polvere di lana nello stomaco, le mani sporche, la visita alle tasche — e non studiare: non sapere: non leggere l'Iliade e la Divina Commedia.

Una pecora del gregge.

Le sarebbe possibile?... No. Sente che in qualche modo si saprebbe liberare.

Poco fumo, quel giorno, dalla ciminiera: una sciarpa cenericcia, a volute, a svolazzi. Suona alla portineria: "Oh, chi si vede!... E Vittoria come sta?... " Introdotta nel gabinetto del direttore, si mette a tremare, stupidamente: le sembra d'esser lì a chieder l'elemosina.

Qualche minuto dopo, non riesce a spiegarsi in qual modo ella si ritrovi sullo spiazzo polveroso, con l'opificio dietro di sé, con la precisa certezza nell'animo ch'ella non vi rientrerà mai più. Tiene una busta in mano. Ricorda che, consegnandogliela, qualcuno le disse:

— Speriamo che la brava Vittoria ritorni presto. È una vecchia operaia a cui teniamo.

Apre la busta, conta il denaro. Non un soldo di più, non uno di meno delle giornate dovute: venti, di malattia contratta sul lavoro: lire trentacinque, giuste.

Non un piccolo regalo, così, a titolo d'aiuto, per le spese del dottore, dei medicamenti, dei brodi sostanziosi che si son dovuti dare all'inferma. L'altra volta, per quella bronco-polmonite, non avevano avuto nulla; nemmeno il pagamento delle giornate; ma, pazienza !... la mamma era stata all'ospedale. Ora... Come si farà, con trentacinque lire? Bisogna pur vivere, bisogna pur mangiare. Pensare che s'era tanto illusa, povera donna!...

La *montada*, che è lì a pochi passi, le par lontana lontana; tanto si sente le gambe stanche, le ossa molli.

Ma il suo cervello somiglia ad un foglio murale stampato a

grandi caratteri rossi. Sedici anni d'officina. La vita di un'operaia — di quell'operaia — a chi deve importare ?...

Guadagna abbastanza per non morir di fame, lei e la sua bimba: è contenta: ne ringrazia Iddio. Ma non capisce che la derubano?... Non c'è nessuno che la difenda?...

E se si ferisce sul lavoro — come stavolta è accaduto — le si paga la giornata nuda e cruda, purché l'assenza non duri troppo; e se diventa incapace di lavorare, si rivolga alla carità pubblica, o ad un ricovero di mendicità.

La derubano. Quel che dà è scandalosamente più grande di quel che riceve.

La sua figliuola la porterà via, sta bene: presto, fra un anno, fra due, quando anch'essa sarà divenuta una buona bestia da fatica. Ma quel che è stato è stato. Non glielo vorrà mai saldare, la fabbrica, il proprio debito verso di lei.

Processata, andrebbe, la fabbrica; e condannata. Paga il tuo debito, ladra!...

Nella veemenza dello sdegno, l'onda del sangue ha ridonato alla giovinetta la rapidità del passo. Sale la montada con tanta furia che par non tocchi il terreno, con quelle scarpacce scalcagnate. E fra le dita gualcisce, quasi volesse distruggerli, i pochi biglietti sudici che le scottano la pelle ed il cuore.

Ogni giorno ha la sua sera.

Ma, quella sera, ella non riposa.

Al tavolo di cucina, scrive versi. Sono la sua liberazione, quando ha il cuore gonfio. Le pulsa, il cuore, fino alla fontanella della gola: ai polsi, sente la morsura di due braccialetti di fuoco. Scrive, quella sera, per bollare a sangue un'ingiustizia: compie un atto di necessità.

"Mano nell'ingranaggio " è il titolo della poesia. Ma la storia della disgrazia accaduta alla mamma le si trasforma sotto la penna, — e non è più quella. Nelle brevi e nervose strofe, la donna diventa giovine, bionda, bellissima; e la mano vien troncata di netto.

Perché?...

Più umile è la verità: meno tragica, certo. Le riesce dunque così difficile a dire?... S'è lasciata, nell' impeto, trascinare ad una deformazione del vero; e n'è umiliata; ma non può rifar ciò che ha scritto.

Nasconde, pian piano, il foglio: non lo farà vedere a nessuno.

Finiti, gli esami di patente. Che stanchezza!... Ma che respiro!...

Ottenuto, a pieni voti, il diploma di maestra: uno straccio di carta, infine: che vorrebbe significare la sicurezza della vita materiale.

In una dorata mattina di luglio, ella ha detto addio, con tristezza, agli ombrosi platani del cortile di scuola, al porticato pieno di frescura, del quale ogni pietra per lei ha un volto: con minor senso di malinconia, alle compagne: ama ella forse più le cose delle persone?...

Nel pomeriggio, è andata, sola, coprendosi il capo con il piccolo velo nero delle popolane, alla casa del suo vecchio maestro.

Lo ha trovato nel giardino, intento su certe begonie gigantesche, della cui lussureggiante fioritura egli possiede il segreto, e non lo cede a nessuno. Spalluto, muscoloso, nel pieno de' suoi sessant'anni senza tare: con quel viso d'autorità, sbozzato con l'accetta nella selce; con quella voce d'autorità, che leggendo le divine Cantiche ha potuto tante volte tramutarsi in dolcezza e potenza di musica.

Gli ha stretta la mano: non ha saputo balbettare che: — Son venuta a dirle grazie, maestro.

Tra le frasche (oh, così folto il giardino: quasi un bosco) gorgheggiavano tutti gli uccellini del mondo. Il cielo era d'oro; e il chioccolio infantile d'una fontanella, nascosta dietro gruppi d'ortensie rosazzurre, pareva dire anch'esso:

— Grazie, maestro.

Il vecchio le ha con la destra bruscamente sollevato il mento, fissandola negli occhi: in quegli occhi per i quali nessuno mai potrà trovarla brutta. E le ha detto, grave:

— Mi avvertirai, quando ti giungerà la notizia d'un concorso. Voglio salutarti e darti alcuni libri. È contenta la mamma?.

— Sì. Tanto.

L'ha condotta in giro per il giardino, mostrandole tutte le sue meraviglie:

— Vedi?... Questa mimosa mi sarebbe morta, se non l'avessi curata, proprio come un bimbo infermo... I fiori valgono più degli uomini.

Nel momento di dirle addio, s'è ricordato d'essere stato prete; e le ha imposta la mano sulla fronte, con gesto sacerdotale. Oppressa da una dolcissima sofferenza, ella s'è mossa verso la porta, nell'impossibilità di parlare. Ma il professore, sulla soglia, l'ha tenuta ferma per una spalla, s'è curvato su di lei, s'è strappato dall'anima le parole che vi serrava dentro per scrupolo, per una specie di aspro pudore:

— Tu puoi fare. Puoi far molto. Studia, scrivi. Mandami ciò che scrivi. E ricordati del tuo vecchio maestro.

Questo, per la prima strada e per tutte le altre, fu il viatico.

Dovrà proprio andarsene?... Lasciare la sua città?... "
Cara, nobile città dell'infanzia e dell'adolescenza !...
La piazza del Duomo, con i leoni di pietra a guardia della cattedrale, protetta dal campanile un po' tozzo, è stupenda di vita nei mesi di prima estate, quando il mercato dei bozzoli la riempie di splendenti annuir d'oro e d'argento, e brulican sotto i portici e dinanzi alla chiesa i robusti fittabili della Bassa, con gran gesticolare, gran moto e odore e rumore d'umanità in faccende. Piazza Broletto, dietro il Duomo, ne guarda l'abside austera, ornata in alto da mensole e piccoli archi di cotto, così belli che cantan da sé le lodi del Signore.
Chiese, chiese: quante!...
Per riposare: per sognare: per pregare.
Quando fu chiusa ai fedeli quella che ebbe per nome Santa

Maria dello Spasimo?... Tutti vanno all' Incoronata. L'Incoronata è uno scrigno del Bramante, nell'interno del quale maestose figure di madonne e di santi vivono su pareti rivestite d'oro. L'Incoronata è tutta d'oro; ma il tempio di San Francesco, povero, nudo, vigila, poco lungi, come il cuore nel corpo. Via Tresseni affondata nel verde ha l'aspetto d'una scorciatoia di bosco: Santa Maria del Sole, la gelida serenità d'un corridoio di convento: via delle Orfane è là, irta di sassi, gialla di calce e di sole, con le mute ombre ritte sulle porticine claustrali, a guardia di tombe che una sola creatura conosce. Altre ed altre strade, gravi di storici nomi, Gaffurio, Fissiraga, Porta Reale, mostran file di palazzi che sembrano, da secoli, deserti: e non v'è sagoma di pietra o chioma d'orto spiovente da un muro o singolarità di luci e d'ombre che non sia già, per la fanciulla, vita nella vita.

Nei chiassuoli, nei vicoli si soffermano gli organetti di Barberia, chiamando ragazzine e monelli sugli usci, con stonate arie di danza. Ella resta immobile, sulle cantonate, ad ascoltare quelle melodie che paion zampillar dai sassi, e dal cuor della plebe; e quando l'organetto se ne va, lo segue, a qualche passo dalla ragazzaglia; e vorrebbe andargli dietro, chi sa dove, per il mondo.

Corso Adda, con le sue botteghe così festose, simili a scoppi di risa, fra squillanti colori e gioia di popolo scende alla gioia del fiume; ed ella non vide mai altro fiume; ma è certa che questo è il più bello — perché è il suo.

E pur bisogna lasciar questi beni.

Per quale altro bene?... Per un posto di maestra che non deve, poi, esser tanto difficile da trovare, in qualche scuoletta di campagna: sia essa la più umile, pur di cominciare.

Guadagnarsi il pane: metter la mamma a riposo, dirle:— Ora basta, eccomi qua. — Cosa essenziale. Non è che il punto di partenza, però; perché ella vuole andar lontano: se ne sente la forza. Ma il principio è lì. Aggirarlo non si può. Non si elude la necessità. Come se la caverà con i bambini ?...

Non ama i bambini. Non s'è mai accorta di loro. Da piccola, non si trastullò mai con le bambole: più grandicella, non si prese mai fra le braccia un infante, con la spontanea passione delle adolescenti in cui già vibra l'istinto della maternità. Il mistero del bambino le è indifferente: non sente il bisogno di approfondirlo. E. dovrà star con i ragazzi gran parte della giornata, insegnare, farsi ubbidire, farsi comprendere.

La scuola, nella sua più elementare materialità: raddrizzar aste, far distinguere la a dalla o corregger compiti, frenare i vivaci, punire i riottosi, non esser mai sé stessa ma la tiranna di se stessa, per imporsi alla ragazzaglia...

Si sente irretita. V'è in lei qualcosa che non consente, ribelle ad esser violato. Una cosa è studiare: altra è lavorar per il guadagno.

La fiera specie della sua povertà le è stata fino ad oggi difesa mirabile: ben diversa sarà per lei la povertà di domani.

Dovrà indurirsi contro di sé: si prepara ad averne il coraggio. Spianteranno la casa, si porteran via tutto: il letto matrimoniale con le materassa sottili sottili, i due cassettoni corrosi dal tarlo, le sedie spaiate, il paiolo e le pentole che han tanto bisogno di stagnatura, il tavolo di cucina tagliuzzato agli angoli e con un piede zoppo, sul quale ella ha scritto, lottando contro il sonno, tanti e tanti compiti di scuola; e, in strane ore quasi irreali, anche dei versi...

E le cose più care: i ricordi di Giuditta Crisi: ai quali s'è aggiunta una cassettina di legno di noce, che la nonna teneva gelosamente nascosta e che è venuta a loro in eredità: quadra. lucida, con serratura e chiavetta d'argento, e un tesoro nascosto nei vari scompartimenti. Un tesoro: armille, fibbie da teatro, pendagli d'ottone e di gemme false; e fra tutto quel falso una miniatura d'uomo incravattato alla moda del mille ottocento trenta.

Dove andranno?... Chi sa!... Ma la mamma, una sera, dice alla

sua figliuola, con quella serenità che rende, intorno a lei, ogni
cosa facile e piana:
— Sai?... Ho pensato che, quando ti verrà la nomina, sarà meglio che tu cominci ad andare senza di me. Io posso ancor lavorare, per qual che anno almeno. Non son poi da buttar via,
da mettere in giubilazione!... Così, qualche lira di qui, qualche
lira di là. Intanto tu vedi il paese, cerchi e trovi le stanze adatte,
con calma, con riflessione. Non va bene, Dinin?...
Oh, sì, va bene. Lasciarsi, sia pur per poco, sarà duro; ma tutto
va bene quel che ella dice, tutto è limpido, pratico, poggiato
sulle più oneste basi della vita.
Se ne sta lì, dinanzi alla figliuola più alta di lei; ma si tien più
diritta sulla minuscola persona, e gli occhi le splendon più
schietti, più sereno il sorriso: non un nervo ha ceduto: non una
ruga è stata accettata dalla fronte di marmo. La mano destra
porta le stimmate della profonda ferita, come porterebbe all'a-
nulare un anello.
Un pensiero, ad - un tratto, nel cuore della figliuola: rapido,
accecante: lampo di calore in notte -serena:
— E se io la perdessi?...
No. La terrà stretta. Non la perderà.

Il Giardino del Tempo la guarda come se le sue fronde fossero
occhi, nel sole di quel l'estate senza un soffio e senza una nuvo-
la: anche di notte la guarda, intridendo nei vapori azzurrognoli
della luna le sue masse d'ombra. Le chiede:
— Te ne andrai?... Proprio te ne andrai?... I loro colloqui son
sempre più lunghi, da anima ad anima. Lo ha chiamato ella
stessa "il Giardino del Tempo ", per le ore che vi sentì fluire, in continuità di silenzio; e perché un vespro di domenica,
ascoltando le campane della vicina chiesa del Carmine, ella vi
ebbe la sensazione d'aver sempre udito e di dover sempre udire
suonar quelle campane. Sensazione d'eternità: abolito il nascere, abolito il morire. — Nel tempo. — Porterà con sé il suo

giardino. E le campane della chiesa del Carmine. E il tempo. E anche un nascosto prezioso bene, da poco in sé riconosciuto, ch'ella confonde spesso con il battito del cuore, la necessità del respiro, del passo, del lavoro quotidiano; ma non è la stessa cosa; anzi, meravigliosamente diversa. Più che un bene: una forza: sé stessa: non quella che la madre adora, la vita allinea con gli altri, e una rustica scuoletta di villaggio attende per maestra. L'Altra: la Vera: che nessuno vedrà nel viso, nemmeno la mamma: inviolabile, inviolata: senza principio, senza fine: ricca d'inestinguibile calore al par delle correnti sotterranee. Disgrazie, umiliazioni d'ogni sorta possono accadere alla pallida e povera Dinin; ma l'Altra, la Vera, è al disopra di tutto e di tutti, è la Regina in incognito, che nulla può ledere. La sente, a volte, rivelarsi e sovrapporsi alla persona circoscritta respirante camminante, con la potenza d'un getto di lava; e dò accade generalmente quand'ella, vagabondando sola,. segue, lungo oscure straducole urbane, il suono degli organetti. Perdono allora le viuzze la loro sudicia tristezza per tramutarsi, d'incanto, in vaste e superbe piazze formicolanti di gente: e sempre più s'infittisce la gente, riempiendo l'aria del proprio anelito, con innumerevoli volti protesi alla musica dell'organetto; ma non è più quella musica: è armonia di parole uscenti dalla bocca dell'altra. Parole che lei ancora non sa: ne sente soltanto la sonorità melodiosa, la struggente e consolatrice dolcezza, che cerca i cuori degli uomini, e li fascia li bacia li penetra li sommerge.

Quando il manubrio dell'organetto si ferma e il catarroso valzer o la zoppicante mazurca è finita, cessa anche l'allucinazione: riprende il vicolo il suo squallore di budello cieco, la sua schiuma di monelli schiammazzanti dinanzi alle insegne delle osterie: e, scantonando rapida, Dinin ridiventa Dinin.

Da un pezzo Nani non si vede.
Tristi notizie giungono sul suo conto.

Morto il bambino a balia, pochi mesi dopo la nascita: baruffe su baruffe in casa: l'esasperazione dell'amore, acuita dalla gelosia, dalla povertà mal sopportata e dall'asprezza di due temperamenti ribelli. I casigliani e i dirimpettai van bisbigliando, scandalizzati, di scene notturne, di mobili rovesciati, di urli e bestemmie nel buio. E ognuno di questi raccontali è una coltellata nella schiena, per la mamma e la sorella.

Ricompare, fra lusco e brusco, all'improvviso, secondo il modo dei gatti: non sembra sia venuto dalle scale, entrato dall'uscio: si trova lì, quando meno è atteso, come rivelato dallo spalancarsi subitaneo d'un nascondiglio nel muro.

Piove a scroscio: pioggia d'estate, non temporalesca ma tenacemente diluviale, che nella piena canicola getta di sorpresa il pianto livido dell'autunno; e batte e scorre in rapidi rivoli sui vetri del balcone di cucina.

La sorella ha destato allora allora un'alta fiammata sul focolare, con vecchi quaderni e brutte copie di compiti zeppe di sgorbi, di pentimenti, di rifaciture; — e sta mondando legumi per la minestra. A mantener la fiammata ha aggiunto due pezzi di legna: il brontolio della pentola appesa alla nera catena le dice parole buone, di pazienza, di speranza.

Si volge: oh. Nani!... Ma dunque l'uscio era aperto?,..

Le risponde con uno scoppio di risa: di quei tali, però, che muoion fra i denti.

Come è pallido!... Mal vestito, col colletto floscio, i polsini sfilacciati. Prende una sedia, le fa fare, un mulinello, vi si pone a cavalcioni.

La sorella, un poco incerta, gli tenta una carezza sui capelli: folti, morbidi: capelli da donna: verso l'occipite, una ciocca bianca, sin dall'infanzia.

— Sei tu, finalmente!... C'è il finimondo, che ti fai vedere?... E Daria?... Fermati a man giare un piatto di minestra. La mamma torna fra un'ora: ti vedrà: sarà contenta.

— Oh, si. Contenta. Contentona. Contentissima. C'è davvero

da fare un giro di polca, Dinin.

Non si può fissarlo negli occhi, tenerlo ferma un momento. La perenne inquietudine delle acque dei fiumi è nelle pupille, nel cervello, nelle membra di quel ventenne già quasi vecchio.

Esce finalmente a dire:

— Lo saprai, che sono a spasso.

— È vero dunque che le cose non vanno più bene?... che vi lasciate, tu e Daria?... Vi separate legalmente, dicono. Possibile?... E tu dove andrai, allora?...

— Non abbiam bisogno di chiacchiere d'avvocati per fare il nostro comodo. Viva la libertà!... Daria rimane con sua madre, quella pelle dura d'Ignazia. Io ho mandato a farsi benedire il mio principale e le sue noiosissime mappe e cartacce zeppe di cifre, che non mi davano abbastanza da mangiare. Ho la sicurezza di ottenere al più presto un posto di controllore sul tram Treviglio-Bergamo. Mi cercherò una pensione a Treviglio. Sarà difficile che vi capiti ancora fra i piedi...

— Nani!...

— Non per te, non per te dico, stupida!,.. Ma Daria è una baldracca...

— Nani!... E tu chi sei?...

La cruda domanda le è sgorgata d'impeto, senza riflettere. Non ne ha ponderato la gravità, ed ora ne è spaventata.

Silenzio, con gli occhi negli occhi, stavolta. Poi, al solito, una sghignazzata.

— Certe cose per te saranno sempre dei rebus. Queste ragazze d'ingegno!... Mi hanno detto che scrivi dei versi... sarà!... ma quei rebus non riuscirai a scioglierli. Monda i tuoi legumi, va là, maestrina. Vuoi che t'aiuti?... Son troppo verdi questi fagioli. Ecco: tu hai terminato i tuoi studi, e io no. Va bene. Bella novità!... Ma tu hai sempre avuto la mamma alle costole, e io no, io no.

Canterella " io no, io no " sulle note della cabaletta del paggio Oscar, nel Ballo in Maschera: " Oscar lo sa, ma noi dirà... ". Poi si mette a fischiettare un'aria di danza, con dolcezza, mirabilmente.

— Non sei giusto. Nani. Non vuoi esser giusto con lei, per dar ragione a te stesso. Non poté tenerti; ma ti ha sempre voluto bene.

— Sarà. Ma è come se mi avesse ripudiato. Per sapere bisogna provare. Che ne sai tu?... È come se, a tre anni, io fossi rimasto orfano anche di lei.

Ancora silenzio. Scrosciar di pioggia sui vetri. Dinin ha messo rape e fagioli a cuocere nella pentola, 'e s'è rannicchiata sulla pietra del focolare.

Si: Nani dice il vero. Un orfano. Ma non solo del padre, e, come egli crede, della madre.

Di tutto è orfano.

Egli è di quelli che fatalmente nascono senza avere alcun rapporto con il ventre che li ha espulsi. Si aman come gli altri fratelli, forse, loro?... Entra nell'affetto che li lega un elemento estraneo, che lo rende più intenso perché più doloroso. Egli non può non aver l'intuizione della parte migliore ad essa toccata: l'equilibrio su salde basi, la volontà. E quando le pianta le dita nelle scapole e per baciarla la morde, il suo gesto è d'amore e di furore.

Ma ella vuol dire una parola di conciliazione:

— La nostra forza dobbiamo averla in noi, Nani. Perché accusare gli altri?...

Una pausa: poi mutan discorso, per tacita intesa. Parlan del pessimo tempo: di certi lontani parenti: di certe susine violette ch'eran nell'orto della casa di via delle Orfane: di libri.

Un amico di Nani, che gli fu compagno al ginnasio ed ora ha finito il liceo, gli ha regalato il libro delle Egloghe. Divino Virgilio !.. Il futuro controllore del tram interprovinciale Treviglio- Bergamo ne scande con delizia gli esametri; e la sorella, che non sa di latino, resta immota in umiltà, curvando il capo sotto la potenza dell'armonia.

Così, di tutto immemori, da tutto lontani fuor che dal Poeta, raccolti come in chiesa, li ritrova la madre.

Gronda acqua dallo scialle: ha le scarpe ridotte a spugne: è rotta dalla stanchezza.

Fissa gli occhi, sorpresa, sul figlio. Infervorato nel verso, egli, che volge le spalle alla porta, non vede quello sguardo pesante d'amore — di bestia che cova i suoi piccoli.

Tanti anni passeranno !... Tante vicende con essi.

Nani lascerà Daria: andrà peregrinando per città e paesi: muterà impieghi: muterà mestieri.

Tempo, lavoro, proponimenti, affetti, - tutto gli si sbriciolerà fra le mani.

Tenace soltanto nell'unica sua alta passione, il libro; e nelle sue debolezze: il hallo, il vino, la sterile discussione a grossa voce, a grosse parole, coi compagni eccitati dal calore alcoolico, al tavolino del caffè o tra i grassi fumi della trattoria. Qualche povera amante, a periodi, in burrascosa convivenza: folle di lui, ben presto stanca di lui. Non abbastanza dotato di qualità geniali per divenire un artista: non abbastanza opaco di mente per rimaner fra le rotaie del meschino impiego a novanta lire al mese: non abbastanza cane randagio, per abbandonarsi intero alla vita notturna dei bassifondi.

A disagio, dovunque. Inappagato, sempre. Senza un nemico, perché troppo innocuo nella sua disarmata vacuità: senza un amico, perché i deboli non hanno amici.

Inetto a vivere; ma pauroso della morte.

La sorella non lo potrà rivedere che ogni tanto, a distanza di mesi e di anni. Appesantito dal tempo: d'una pesantezza floscia, rivelante le molle fruste. Sempre di sghembo a sedere, sempre di scatto a ridere fra il boccaccesco e il funebre, con la stortura del sogghigno fissa sulle labbra pronte allo scherzo greve o a masticar l'eterna citazione latina fra i denti anneriti dal troppo fumare. Un naufrago. Il suo bado saprà d'amaro, e di fiato corrotto: egli non parlerà mai di Daria; ma penserà a lei senza tregua.

Mite, in fondo, come un bambino: con nel l'anima un dolorante bisogno d'abbandonarsi, d'essere accarezzato, vigilato da mani e da occhi di donna devota; ma non lo vorrà confessar mai.

Gli sarà finalmente trovato un buon posto nell'ufficio di vendita d'una grande casa libraria.

Felice, questa volta: fra l'odor della carta di fresco stampata, fra cataste di giornali, di spense, opuscoli, libri. Legger tutto: vivere fra i documenti della fantasia e del pensiero umano: viaggiare viaggiare instancabilmente, rimanendo fermo in un ufficio: forse questo è l'ultimo rifugio, forse di qui non evaderà più.

Ma egli è logoro: un tessuto che mostra la corda. Gli basta ormai un bicchierino d'acquavite per aver le lancinature di stomaco. Cade, infermo, di pleurite, dopo aver danzato un'intera notte di carnevale in un ritrovo qualunque, affrontando come tanti anni prima (ma allora c'era Daria con la sua faccia bianca, con i suoi fianchi flessuosi) le follie del valzer doppio.

La pleurite degenera in tisi galoppante; ed egli muore all'ospedale. Come suo padre. A trentatré anni. Lui: che aveva il terrore dell'ospedale, e della morte.

La sorella - che la sera avanti l'aveva lasciato chiuso in un tranquillo assopimento — il mattino {die cinque vien latta avvertire ch'egli spirò nella notte.

Giunge in tempo per vederlo, prima che la regola ospedaliera lo trasporti e lo distenda, ignudo, sul marmoreo piano inclinato, stillante d'acqua, della stanza mortuaria.

Lo ritrova in un dormitorio a parte, pieno di letti vuoti. È là, in mezzo a tutto quel bianco glaciale, nel glaciale pallore dell'alba. Solo.

Mai ella vide un essere al mondo, così solo. Gli fosse almeno rimasta accanto, nella notte!..

Chi gli bagnò le labbra ?...

Il lenzuolo lo copre fino al mento. Ma quella cosa che s'affonda nel guanciale non è più una faccia d'uomo: è l'impronta, nella pietra, d'uno spasimo che non avrà pace nell'eternità. L'uomo è spirato nel rancore. Se la morte non è riposo, che cosa è dunque?...

Non ha il coraggio, la sorella, d'avvicinarsi a quella maschera, per cercare in essa i tratti del caro viso. Le è lontanissima, ostile, inaccostabile. L'avrà sempre dinanzi agli occhi; ma, per raggiungerla, per riconoscerla, deve anch'ella morire.

Oh, Nani, la tua vecchia mamma, quanto piangere, quanto piangere!...

Di nessuno è la colpa, fratello.

Colomba, Celeste, Lucia sono i nomi delle tre sorelle che reggono il collegio femminile dove la maestrina diciassettenne entrerà in ottobre, per supplirvi l'insegnante della prima classe, partita per Roma. il compenso in denaro è miserevole; ma avrà il letto, il vitto e il bucato.

C'è tempo: siamo in agosto. Ma nessun concorso per un posto comunale in campagna le è stato segnalato finora; ed ella non si crede in diritto di passar l'inverno in casa a ufo.

Il collegio è il solo importante d'una piccola città poco lontana dalla sua: l'ha veduto: vi è rimasta tre giorni, per invito della direttrice Colomba, che assai probabilmente l'ha voluta studiare, prima di accettarla come maestra interna.

Ha un vasto giardino coltivato in parte a frutteto (e già vi maturali certe susine e certe pesche superbe) - ma chiuso: un vasto cortile ombreggiato da lecci di folta chioma che devon essere pieni di nidi - ma chiuso: tutto vi è chiuso ermeticamente ; anche il volto della direttrice Colomba.

La direttrice Colomba appartiene alla categoria delle donne che, giovani o vecchie, vengono invariabilmente definite " di un'età rispettabile ". Dell'accollatissimo abito nero, che è per lei quel che è la divisa per un generale, non pare si debba mai spogliare: nemmeno di notte. Ella ha l'aria d'essere in piedi anche quando è seduta; e non la si può pensare affloscia nell'abbandono del sonno. La sua testa è tutta d'un colore, capelli, occhi, guance, labbra: non si sa come accada; ma è così.

Tuttavia, quegli occhi d'indefinibile tinta si fanno terribili, se fissan qualcuno. S'attaccano alla persona, la misurano, la spogliano, non lasciandole intatto nemmeno un pensiero.

Veri occhi professionali, da dominatrice, ai quali nessuno potrà mai resistere, mentire, disobbedire.

La direttrice Colomba ha una singolarità, di cui parla volentieri, menandone un certo vanto: dopo ogni pasto (e Dio sa se i suoi pasti son copiosi) sente il bisogno di divorare un'intera crocetta di pane, senza companatico. Le serve da caffè. La volta che non lo facesse, le parrebbe di non aver mangiato. La sorella Celeste si occupa delle guarda- robe, dell'andamento domestico e soprattutto della cucina. Dondola su cicciosi fianchi, ed il suo bel faccione, con due finestre d'innocenza del color del suo nome, somiglia alla luna d'agosto quando sorge, placidamente vermiglia, fra calmi vapori. Ha movimenti pacati e rotondi, di persona compiaciuta dell'esistenza, e di sé. Non s'interessa delle educande se non sotto la specie della vita fisica: non legge: unico libro per lei degno di consultazioni, il " Re dei Cuochi "; ma nei conti non l'imbroglia nessuno. In due piatti è inarrivabile: le rane in guazzetto e il fricandò con patatine novelle. È felice di sentirselo dire.

Di nascosto, beve cognac.

La sorella Lucia è la più giovine. Forse sì, forse no, arriva alla quarantina. Dipinge all'acquarello, ricama sul raso a colori, è abilissima nelle trine a rete, insegna calligrafia e disegno, materie gentilmente femminili. È grassoccia, molto bruna, e i suoi occhi spariscono fra ciglia troppo lunghe. Le due sorelle maggiori, zitellone dalla nascita alla morte per disposizione divina, dicon di lei con orgoglio, come di cosa assolutamente necessaria all'onore della famiglia:

— Oh, Lucia prenderà marito.

La triade è perfetta: una costellazione.

Ma subito dopo l'inappellabile autorità di Colomba vien, nel collegio, quella della signora Er minia, la maestra in capo, nata e cresciuta per esser maestra, e null'altro che maestra: un donnone di schietta bruttezza, dal gesto dittatoriale, dalla parola tagliente: che tiene in pugno insegnanti e scolare, e guai se stringe le dita.

Il collegio: dove ci si alza a suon di campana, si entra in classe a suon di campana, si va a tavola e si recitan le preghiere a suon di campana: dove non si è mai soli, mai mai, nemmeno a letto: perché ogni maestra ha l'obbligo di dormire in una camerata nella quale si trovino almeno dieci ragazze. E nemmeno pensare si può: perché la direttrice Colomba ghermisce con quegli occhi di cui nessuno sa dire il colore anche i più segreti pensieri.

Bisognerà lasciarsi distendere su codesti spirituali cavalletti della Santa Inquisizione: divenire una specie di monacanda, con il gesto rigido, l'anima torpida, la volontà cancellata: avvezzar le narici a quel puzzo di rinchiuso, fasciare i garretti all'anima perché non scalpiti.

Per poco, sia pure: fino a quando le verrà fatto di vincere quel benedetto concorso, che ancora è nel sogno.

Potrà resistere fino allora?...

Principessa della Povertà nel Giardino del Tempo ella fu sino ad oggi, grazie a sua madre; ma la realtà non risparmia nessuno. Ora che l'ha dinanzi, sente e misura in sé, se pur con sorda trepidazione, il coraggio d'affrontarla, nella sua meschina brutalità. Farà esperienza di vita e dovrà curarsi anche lei le lividure: non è cosi per tutti?... Non è giusto che sia così?...

Prova una strana volontà di soffrire, pur di sapere. Ma vuol soffrire con gli occhi aperti, con L'anima attenta. La libertà dell'anima non gliela potrà toccar nessuno. E poi, non c'è l'Altra?... Di che può temere, se c'è l'Altra?...

Macina dentro di sé tali pensieri, raccolta nel suo lavoro di preparazione intima, passando un giorno, a testa bassa secondo il suo solito, lungo antiche viuzze sfocianti in freschissimo verde di ortaglie; quando, di botto, le si slanciano incontro due braccia tese, una risata di gioia, una voce che pare un canto. — Eccoti qua, finalmente!... Dall'ultimo giorno di scuola non ti si è più rivista !... Non ti vergogni ?...

È Drusilla, viso aperto, caldo cuore, bocca di bontà:l a compagna di studi che più le ha voluto bene, senza nemmeno chiederle d'esserne ricambiata. L'ha ricambiata, lei?... No: non le sembra. Tolta la madre, lei non vuol bene a nessuno.

— Perché — implora la creatura buona — non sali un minuto in casa mia ?... Babbo è all'ufficio. Siam qui a due passi, lo sai.

E poi, tu non conosci ancora la novità. Grande novità!... Mi sposo, in settembre. Sposo Sandro, si capisce. Non ricordi ?... Il mio Sandro...

Come si fa a non ricordarsene?... Fin dalle classi preparatorie Drusilla studiava lezioni é scriveva compiti pensando a Sandro, parlando di Sandro: fingeva, in classe, di prendere appunti, per aver agio di scarabocchiar lettere a Sandro, zeppe d'interiezioni e di spropositi: di Sandro tutte le condiscepole conoscevano i baffi e la scriminatura, le ansie amorose del presente e i propositi per l'avvenire, le scarpe, crocchianti e certe piccole infedeltà senza importanza, che la serena Drusilla sapeva perdonare.

Ma non ve n'eran molte, nella scuola, innamorate d'un " Sandro " vicino o lontano, fedele o no, di carne e d'ossa oppure semplicemente sognato, pensando al quale ogni peso pareva leggero, persino le conferenze di pedagogia, le equazioni algebriche e le lezioni di fisica applicata?...

Molte: lei, no.

Come è chiara la stanza da lavoro di Drusilla !... Tele, trine, ricami, nastri, sparsi sulle mensole e sui tavolini, la rendono ancor più chiara. Il babbo non ha badato a spese: vuol che la figliuola si faccia onore, nella casa che l'aspetta: il corredo è degno di una ricca signorina. Ma lo cuce lei, che ha le mani d'oro.

— Sapessi — dice — quanto è bello cucirsi il corredo, pensare ad una casa nuova, avere un fidanzato, dirsi: Tra un mese lo sposerò!... La patente?... E chi ci pensa più?... L'ho messa nel cassetto. Sandro ha un buon impiego, ora: non permette ch'io lavori per guadagnare. Oh, sai, il mio Sandro, l'ho fabbricato io, apposta per me !...

...Quelle trine, quelle tele son troppo candide: in quell'aria v'è troppo tepore: in quella voce v'è troppa felicità. L'esclusa trova un pretesto, saluta, parte.

— Nani, è proprio necessario l'amore?... —

chiedeva al fratello un giorno. Egli le rispondeva irridendola:

— Tu non capisci nulla...

Forse il suo destino non è l'amore. Né la passione di Nani e Daria, tempestosa come l'odio, né il limpido affetto nuziale di Sandro e Drusilla, ardente con misura, a guisa del focherello domestico in una piccola casa borghese. A ciascuno la propria strada. Per lei, nel prossimo ottobre, il collegio con i terribili occhi della direttrice Colomba, ricordanti le finestrelle - spia aperte per la vigilanza insonne nelle pareti delle carceri ; con i velati sorrisi di compatimento delle ricche allieve, sbircianti di sottecchi le scarpe fruste e l'abituccio ritinto della maestrina... E poi ?... Chi sa !...

Tornando quella sera dal lavoro, la madre la trova abbattuta, senza parole, con un povero viso rimpicciolito e grigiastro. Non vuol mangiare. Tardi s'addormenta, dopo essersi voltata e rivoltata per tutti i sensi nel letto, a fianco della cara donna che la stanchezza preme, ma l'inquietudine tiene sveglia. Appena piombata nella profondità del sonno, si trova, per incanto, sulla via che conduce alla stazione.

Non è più notte. Non è nemmeno giorno. Diffusa nello spazio, un'ambigua luce, uguale a quella che si vede guardando il cielo attraverso un vetro giallo. Sorda l'aria, e immobile: -una fascia d'ovatta. Così nelle campagne, quando cade la neve.

Ella cammina cammina. Deve andare a prendere il treno, per un paese lontano; ma ignora che treno sia, né che paese. Cammina cammina. Ed ecco: s'accorge che è senza valigia. Dove l'ha lasciata?... Come farà, nel collegio, senza valigia?... Poi s'accorge ch'è senza scarpe e senza calze. I suoi piedi nudi non toccan nemmeno la terra, non soffrono d'esser nudi. Ma come farà a presentarsi alla direttrice, senza scarpe e senza calze ?...

La crederanno una mendicante: la cacceranno via.

Vorrebbe tornare indietro: non riconosce più il cammino. Non è più la sua, quella strada di cui non sa il nome e non vede la fine, fiancheggiata da case deserte e da prati. Chiede a una donna imbacuccata in un mantello, che le sorge ad un tratto d'accanto: — È questa la via che conduce alla stazione?... — La donna si volge: — Da queste parti non v'è stazione. — E nel volgersi ride; ed ella la ravvisa: è Daria: sono i suoi denti puntuti, i suoi occhi di smalto azzurro, senza sopracciglia. Vorrebbe chiederle: — Perché è morto il tuo bambino ?... Perché hai abbandonato Nani?... — Non giunge in tempo: è scomparsa.

Ed ella va va va, fin che trova un'altra donna diritta contro una porta chiusa. Anche a lei chiede:— È questa la via che conduce alla stazione ?... — Ha già veduto altre volte quell'alta persona, quel profilo d'imperatrice.

È la contessina Augusta, con la sua veste dell'ultimo ballo, di velo rosa a innumerevoli volanti, e sui capelli una ghirlanda di gelsomini.

— Questa?... Questa è la via dell'amore. Non vedi quante rose?...

E anch'ella scompare.

Rose?... Non ne scorge. Forse si saranno nascoste, perché non la vogliono, cosi, senza scarpe, senza calze, senza valigia. Così, vestita come una poveretta.... Bisogna andare a cercarle. Ma ai piedi, con un brivido, sente il freddo del l'acqua. Non più strada, né prati: dappertutto acqua. Di dove è venuta?... Livida, quieta, a perdita d'occhio. Salvarsi è impossibile. Già le sale alle ginocchia, le arriva al cuore il gelo di quella cosa ondeggiante, nemica, perversa, che le vuol male, che la soffocherà....

— Mamma!...

La madre, che cominciava ad assopirsi, s'è destata all'urlo, di soprassalto; e stringe fra le braccia la fanciulla scottante di febbre.

In treno per Pandino, rozza borgata della Bassa, un pomeriggio dell'ultima decade d'agosto.

Alcune violente febbri nervose l'hanno la sciata pallida pallida e senza forze: le narici le si sono affilate: un plumbeo cerchio alla fronte non l'abbandona mai.

La mamma, preoccupata, le ha detto: — Scrivi alla zia Nunzia, chiedile che t'accolga per qualche settimana nella sua fattoria. Non può dirti di no: in fin de' conti sei la figliuola di suo fratello !.... Respirerai un poco d'aria libera, farai buon sangue: devi pur metterti in buone condizioni, per lavorar quest'autunno. In casa di contadini si mangia male, lo so ; ma per donne come noi, avvezze al latte e alla minestra, ce n'è fin troppo!,..

— E tu, mamma, tutta sola?...

— Io?... Non ci pensare. Va, benedetta.

Ed eccola in treno per Pandino. Quante mosche!... E che peso di afa!... Il trenino procede a stento, tutto sbalzi e scossoni: nello scompartimento di terza classe, sozzo di cartacce e di detriti, pochi villici male odoranti discorron fra loro di mucche e di raccolti, masticando tabacco e scaracchiando in libertà: una popolana in un angolo allatta il suo bambino, con le palpebre chiuse sotto l'oppressione della calura; e gocce di sudore sporco le scorrono lungo l'incavo dei seni.

Zia Nunzia è pronta al cancello della stazioncina del borgo: aguzza gli occhietti, ride da tutte le rughe, stende le braccia. È piccola, rotonda, bonaria; ma perché tànte rughe?... Il suo largo viso è un crivello. Richiama, invecchiato, il viso del " marito della mamma ", riprodotto nell'unico ritrattino (un dagherrotipo) che in casa si conserva; ma la nipote si sforza invano di sentir dentro di sé, per lei, la voce del sangue.

S'avviano, a piedi, per scorciatoie fra i campi, verso la casa colonica. L'eccessivo calore ha velato il sole: il sereno è scomparso nell'indeterminatezza d'accecanti vapori: tutto è grigio di polvere, sofferente di sete, immobile in stupefazione.

Gran quantità di domande va rivolgendo zia Nunzia alla nipote, che le risponde con dolcezza, ma pensando ad altro. Anzi: non pensa a nulla. Respira, con dilatati polmoni, nei suoi elementi naturali: la campagna, e l'estate. Tutti i suoi sensi rispondono, docili, soddisfatti, a quella pianura che non rivela altri confini se non il cielo; e riposano, senza desidera, in quella fissa uniformità lineare. Nei campi si lavora; ma le figure dei contadini forman parte della smisurata solitudine. Lavorano, o pregano?....

Ella sente che potrebbe pregare qui, fra le di stese del granturco e gli aromi dell'agostano, come sotto le arcate della chiesa di San Francesco.

Le sono ignoti, sinora, i mari, le colline, le montagne. Per essa il mondo consiste in quella pianura senza mutamento, intersegnata da fughe rettilinee di gelsi, da scorrer geometrico di fossi e di canali; e che pur si fonde con la trasparenza dell'aria e con l'arco sublime del cielo in una bellezza nella quale tutto si placa.

Se al proprio spirito ella dovesse dare una forma, sarebbe tale e non altra.

A pochi passi dalla casa colonica, il lezzo d'un letamaio le ferisce le nari, le penetra nella gola e nello stomaco, con violenza d'acredine sensuale; ma non l'urta: anzi, le piace, come un forte liquore. Le sembra che il respirarlo a lungo la renderà ubbriaca; ma nel medesimo tempo la guarirà.

Anche l'aia le piace, ben battuta, con il portico ingombro di carri e d'attrezzi rurali, con un fico nano abbarbicato all'angolo di levante, e all'ingiro i colmi fienili e più in là le stalle: anche la cucina, con il basso focolare e i piatti a fiori smaglianti nelle rastrelliere, e molte panche tomo torno, come all'osteria: sulle quali si mangia con la ciotola in mano.

Non le duole più il capo. Quell'odor di campagna, quella quiete di vita rustica l'assopiscono in un torpor di benessere che è, però, soltanto del corpo.

L'animo è ancor con la mamma: triste la sera, lontano da lei.

Il cielo sull'aia è basso, cielo d'agosto pesante di stelle: a tratti ne muore qualcuna, con uno strappo e un guizzo d'agonia. Il capoccia, nodoso come un salice, fuma la pipa, tra i familiari ridacchianti. Ella se ne sta presso di loro, umile, estranea. Pensa che è sola a veder morire quelle stelle. La sua coltura non le serve a nulla; nemmeno a farsi comprendere da quella gente della sua stirpe, che vive in comunanza con la terra senza averne la purità, con le mucche, le galline, le scrofe, senza l'innocenza che le rende irresponsabili e sacre. Soffre del linguaggio aspro, dei gesti volgari, del tanfo di carne sudata, del cattivo cibo, al quale preferirebbe (ma non osa chiederla) una tazza di latte appena munto.

Dura, inquieta, torbida notte: in un letto dal pagliericcio crocchiante e pungente, dalle lenzuola di ruvida canapa, fra rauco russare eli donne massicce in traspirazione.

Da poco è assopita, quando un richiamo la fa sobbalzare, stridendole negli orecchi.

È il canto del gallo.

Non l'udì mai in piena campagna: né così vicino, così contropelle.

Leggerissimamente posa i piedi a terra: nessun movimento nei letti accosto. Dormono tutti an cora, anche nelle altre camere; ma sarà, certo, per poco. Ella esce, pian piano, sul ballatoio di legno.

Ripete il gallo la sua cantata: la voce aspra, imperiosa, piena di letizia e di prepotenza, sega l'aria con acutissime punte. Dalle cascine, dalle casupole, altri gli rispondono, con allegria aggressiva, quasi feroce.

— Su!... Basta dormire!... Basta sognare!...

Su, al lavoro!... Scampo non c'è!...

È la prealba immobile.

All'orizzonte, sola, la stella mattutina, intenta come uno sguardo. Alla giovinetta la campagna ancor non appare che quale una massa d'ombra, rotta qua e là da grigi fantasmi di casolari; e pure ella la sente fradicia di guazza, tutta fresca e pronta per la nuova giornata.

La terra. Che dà il pane. Eccola lì. La possiede con gli occhi. Può discendere, toccarla, abbracciarla, scomparirvi. Una cosa sola con essa, vivente e fermentante.

Così, ancor bambina, ella udì in un'alba di primavera parlare il Giardino del Tempo; e ne comprese il linguaggio; e, vedendo i cirri del mattino camminar per l'aria dandosi la mano, s'accorse che il cielo era in lei, come lei nel cielo. Sensazione d'eternità, che ora si ripete: verità essenziale, esser viva, viva e presente: in lontananze senza limiti sprofonda l'infanzia, a orizzonti senza limiti s'affaccia la giovinezza. Il suo respiro sale dalle umide profondità della terra per dilatarsi fino a quella stella ch'è rimasta ultima incontro al giorno. — Sono io, son qui — ella pensa, riconoscendosi nello spazio come in uno specchio. Lavorare? Per esser degna di vivere?.

Benissimo. Finora ha covato, raccolta: zolla nella notte. La sveglia brutale dei galli fa a strappi il silenzio, ferisce il raccoglimento; ma è anch'essa necessaria; e, perché necessaria, sacra.

Sotto il cielo sempre più pallido cominciano a disegnarsi i contorni delle cose terrestri. Lenti rotolii di ruote già vengono dalle carraie. La porta della casa colonica cigola sui cardini: fra il sì e il no della prima luce esce il capoccia con i due figli maggiori, diretto ai campi: si ode il richiamo gutturale d'una delle ragazze, che apre la stalla per condurre le mucche al pascolo.

Milano, luglio-dicembre 1920

MATERNITÀ

RACCOLTA DI POESIE
1904

MATERNITÀ
GERMINA
L'ÈSTASI
DIALOGO
LE DOLOROSE
INSIEME
MARA
MARTHA
ELIANA
«VENGO, NINÌ»
È PARTITA
L'ABBANDONATO
ZINGARESCA
IL CORREDINO
«MATER INVIOLATA»
NINNA-NANNA DI NATALE
QUEL GIORNO
RITORNO A MOTTA VISCONTI
LA CULLA
UN RICORDO
DESTINO
IL CALVARIO DELLA MADRE
DOLCEZZE a Giovanni
SONETTO D'INVERNO
PRIMULE
IL RITORNO DI BIANCA
RICORDATI
ACQUERELLO
CANTILENA
L'ACQUAZZONE
CANTA A' MIEI PIEDI

L'OMBRA
PICCOLA CASA
TU SOLA
LA CENTENARIA Acqueforti
GLI AMANTI DELLA MORTE
LACRIME SILENZIOSE
LA VECCHIA PORTA
L'ORGANETTO
L'ULTIMO VALZER
SETTE MAGGIO 1898
FUNERALE DURANTE LO
SCIOPERO
REDENZIONE
INCONTRO
DILUVIO
CAMPANA A MARTELLO
ALPE
A MIA MADRE LONTANA
SUL MONUMENTO DI EDVIGE
PASQUA DI RISURREZIONE
IN MEMORIA
PICCOLA TOMBA
PIAZZA DI SAN FRANCESCO
IN LODI
IL SOGNO DI DRAGA
NATALIA
IL MINUTO
MADRE TERRA
SACRA INFANZIA
IL SALUTO FRATERNO

MATERNITÀ

Io sento, dal profondo, un'esile voce chiamarmi:
sei tu, non nato ancora, che vieni nel sonno a destarmi?

O vita, o vita nova!... le viscere mie palpitanti
trasalgono in sussulti che sono i tuoi baci, i tuoi pianti.

Tu sei l'Ignoto.—Forse pel tuo disperato dolore
ti nutro col mio sangue, e formo il tuo cor col mio core;

pure io stendo le mani con gesto di lenta carezza,
io rido, ebra di vita, a un sogno di forza e bellezza:

t'amo e t'invoco, o figlio, in nome del bene e del male,
poi che ti chiama al mondo la sacra Natura immortale.

E penso a quante donne, ne l'ora che trepida avanza,
sale dal grembo al core la stessa devota speranza!...

Han tutte ne lo sguardo la gioia e il tremor del mistero
ch'apre il lor seno a un essere novello di carne e pensiero;

urne d'amore, in alto su l'uomo e la fredda scïenza,
come su altar, le pone del germe l'inconscia potenza.

È sacro il germe: è tutto: la forza, la luce, l'amore:
sia benedetto il ventre che il partorirà con dolore.

Oh, per le bianche mani cucenti le fascie ed i veli
mentre ne gli occhi splende un calmo riflesso de i cieli:

pei palpiti che scuoton da l'imo le viscere oscure
ove, anelando al sole, respiran le vite future:

per l'ultimo martirio, per l'urlo de l'ultimo istante,
quando il materno corpo si sfascia, di sangue grondante

pel roseo bimbo ignudo, che nasce—miserrima sorte!...—
su letto di tortura, talvolta su letto di morte:

uomini de la terra, che pure affilate coltelli
l'un contro l'altro, udite, udite!... noi siamo fratelli.

In verità vi dico, poichè voi l'avete scordato:
noi tutti uscimmo ignudi da un grembo di madre squarciato.

In verità vi dico, le supplici braccia tendendo:
non vi rendete indegni del seno che apriste nascendo.

Gettate in pace il seme ne i solchi del campo comune
mentre le forti mogli sorridon, cantando, a le cune:

nel sole e ne la gioia mietete la spica matura,
grazie rendendo in pace a l'inclita Madre, Natura.

GÈRMINA

Calma e silenzio, in torno.
Dietro le mie cortine
muore tra nebbie fine
il giorno.

Ne la penombra, i volti
noti, da le cornici,
mi affisano.—Che dici,
che ascolti,

che abissi d'acqua fonda
schiudi al mio nero sguardo,
o amor di Leonardo,
Gioconda?...

.... Ne la penombra io sono
sola.—Non veramente.—
L'anima veglia e sente
un suono

lievissimo, un tremare
d'ali, un sommesso pianto,
come in conchiglia il canto
del mare.

L'anima veglia e prega:
e su la vita informe
che nel mio grembo dorme
si piega.

Io sembro inerte. E pure
son come zolla al sole.
S'aprono in me viole
oscure
di sogni, ardenti flore
d'un incantato maggio.
Porto io forse un messaggio
d'amore?...
Di pace un senso pio

per ogni vena io sento.
Sono io forse strumento
di Dio?...

La Sfinge dolorosa
sul tuo mortal destino
come suggel divino
si posa;

ma tu, che da me bevi
la forza essenzïale,
ed il bene ed il male
ricevi,

rompi, potente seme,
la zolla inturgidita.
Benedirem la vita
insieme.

L'ÈSTASI

Cuce, in silenzio, sotto la lampada,
una cuffietta rosa.
Mai non si vide più leggiadra cosa.
Trasale, a un tratto, ne l'ampia tunica,
con un sorriso strano.
La cuffietta le scivola di mano.

Così, velato lo sguardo, pallida
come una morta, ascolta.
A qual raggio l'intenta anima è vôlta?...
Mai questo acuto spasimo d'èstasi
le scolorò la faccia
quando la cinser l'adorate braccia;
mai fu sì bella, fra riso e lacrime,
quando, folle d'amore,
il suo prescelto le posò sul core.
Così la bruna figlia di Nàzareth
udì la sacra voce,
congiungendo le mani ùmili in croce:
piccola voce nova e terribile
che dice a l'infinita
tenerezza materna: Eccomi, o vita!...

DIALOGO

È lui.—Dal mistero profondo
dei sogni si desta, mi chiama, mi dice:
—«Nel pallido Ignoto vagavo, felice....
perchè tu mi vuoi nel tuo mondo?...

È triste il tuo mondo.—Dai morti
lo seppi, che ad esso non tornano più.
O madre, io non chiesi di vivere. E tu
perchè nel tuo grembo mi porti?...

Non temi che un giorno, con voce
di vinto, io ti dica che tutto è menzogna,
e spezzi il tuo core con l'aspra rampogna:
—È troppo pesante la croce?...»

—«O figlio, vi sono viole
ne i prati. Vi sono farfalle ne l'aria.
È bello, da un ciglio di via solitaria,
fissare lo sguardo nel sole.»

«O madre, ho paura. Nel cozzo
de l'ire terrene son troppi i caduti.
Su l'erbe calpeste procombono, muti,
con l'ultimo rantolo mozzo

dal colpo di grazia.»—«O figliuolo,
temprando io ti vado la spada e la maglia:
di atleti ha bisogno la santa battaglia:
tu forse cadrai, ma non solo;

chè al fosco tuo cor la mia voce
dirà le parole d'un'unica fede;
saprò, lacerando la veste ed il piede,
portare con te la tua croce.»

.... «O madre, nel sogno, fra queste
penombre fiorite di strane corolle,
per sempre abbandona colui che non volle
venire a le vostre tempeste....»

«O figlio, al solenne richiamo
nessuno è ribelle. Se amore t'adduce,
fiorisci al tuo sole, t'avventa a la luce,
vivi, ardi, sorridimi, io t'amo.»

LE DOLOROSE

Ed a me giunse un ulular di pianti
come suono di molte acque scroscianti.

E mi parea venisse di lontano,
col bianco spumeggiar de l'Oceàno:

e mi parea sorgesse di sotterra,
dal cuore immenso de la Madre Terra:

e mi pareva empisse il mondo e l'aria
in torno a la mia stanza solitaria:

entrò con la fremente ombra e col vento,
mi travolse fra il buio e lo sgomento:

e la voce che udìi fra la tempesta
qui, eterna, ne la scossa anima resta.

«Noi concepimmo senza gioia il figlio
che splende ai sogni come splende un giglio.

Noi portammo nel sen la creatura
con fatica, con fame e con paura.

Ne le soffitte dove manca l'aria,
ne le risaie infette di malaria,

ne' campi dove passa, orrida Iddia,
la pellagra con occhi di pazzia,

ne' luoghi di miseria e di servaggio,
chiedemmo a Dio Signor forza e coraggio;

pregando, allor che la virtù svaniva:
—Prenditi il figlio, o Dio, prima ch'ei viva—

«Noi procreammo in viscere malate
le tristi creature a pianger nate.

Il guasto sangue de le nostre vene
ebbero, e il peso di nostre catene;

ben vorremmo, nel giorno, esser con loro
ma il giorno è breve ed è lungo il lavoro:

ci afferran del bisogno i rudi artigli,
mentre la strada ne corrompe i figli.

Madri noi siamo per l'angoscia e il pianto,
non per cantar su rosee culle un canto:

cantalo tu—che il mondo abbia pietà—
questo supplizio di maternità!...

«Tu che scrivi col sangue de i fratelli
caduti e coi singulti de i ribelli;

tu che lottasti con nemica sorte,
canta il dolor più forte de la morte.

Ricòrdati, ricòrdati: così
pianse tua madre ne i lontani dì.

Ricòrdati, ricòrdati: e il tuo grido
sia come uccello di selvaggio nido;

come popol che irrompe a la battaglia,
come fiamma che incendia la boscaglia:

dica a la terra: Salvezza non v'ha
se umiliata è la maternità!...»

Tacquer—ma come, in notte senza lume
di stelle, mugge un procelloso fiume,

durò ne l'aria in fremebondi giri
l'eco dei pianti e dei lunghi sospiri.

Oh, fin ch'io soffra in questa esil parvenza
ove s'infiamma la mia pura essenza,

sempre, nel ritmo de la vita oscuro,
dovunque, nel presente e nel futuro,

udrò quel lagno senza fine e quelle
vane preghiere d'anime sorelle:

sempre nel cuore avrò, come un rimorso,
quel torvo e disperato urlo: Soccorso!...—

INSIEME

Sul letto sta, rigida e scialba,
la Morta, che sembra dormire.
Ai vetri è il sospiro de l'alba.

La Morta è vestita di bianco
come una fanciulla, con fiori
di neve sul petto, sul fianco;

e pare una vergine, un giglio;
ma incrocia le mani, in eterno,
sul grembo ove dorme suo figlio.

Il grembo che il germe raccolse
e il germe anelante a la vita
la stessa tempesta travolse;

al vento che romba e che geme
piegarono il boccio ed il fiore
insieme; si spensero, insieme,
il grande ed il piccolo cuore.

La Morta sorride.—Una pace
di sogno e di cielo s'imprime
sul volto, sul labbro che tace.

Le mani incrociate con pio
lor gesto, sul grembo che è tomba
al figlio, par dicano: È mio.—

—Io n'ebbi la prima parola
che sola compresi: nessuno
lo sa, ciò ch'ei disse a me sola.

Se visse de l'anima mia,
morì de la stessa mia morte:
laggiù ci farem compagnia.

Chi sa?... forse avrebbe smarrita,
lontano da me, la sua strada.
Che è mai, senza madre, la vita?...
Chi sa?... forse un solo ed un vinto
nel mondo che è senza pietà....
.... Oh, meglio, o mio sangue, a me avvinto
sparire, ne l'eternità.—

MARA

La donna fila, presso il focolare.
Fra la cenere è ancor qualche favilla.
La lampadetta d'olio a tratti brilla
sul dolce viso che d'avorio pare.
Non vecchia ancora—ma son tutte bianche
le rade chiome, e l'orbite infossate
non contan più le lacrime versate.
La donna fila, con le mani stanche.

Suo figlio ha ucciso un re.—Più mai, nel mondo
    ella potrà vedere il suo figliuolo.
  Solo è, per sempre e senza fine solo,
  vivo e pur morto, d'un abisso in fondo
pieno di sangue—e il nero sangue a fiotti

  corre, sprizza, zampilla insino al cuore
  materno.—O sempre rinnovato orrore
de i lunghi giorni, de le lunghe notti!...
  Ella non pensò mai che fosse ingiusto

    per l'altrui pane coltivar la spica,
  con tristezza, con fame e con fatica
guadagnando la vita a frusto a frusto:
    arò la terra e dondolò la culla,

  senza riposo e senza gioia.—Al fianco
  le crescea quel figliuolo esile e bianco,
    esile e bianco come una fanciulla;
    e le chiedea talor, con veemente

  desìo ne gli occhi, una storia di re.
  «Non so narrarti una storia di re:
    che ne sa del suo re, l'umile gente?...
  Egli è solo e lontano, come Iddio:

  fra la sua torre e il nostro casolare
  ci sta tutta la terra e tutto il mare:
    egli è in alto ed è solo, o figlio mio.»
  .... Ed il figlio partì.—Ne le rombanti

fabbriche il torvo ansare udì dei mostri
  d'acciaio a mille artigli, a mille rostri,
    de le donne sposarsi ai tristi canti;
    il tremendo silenzio udì talvolta

  de gli scioperi: star, muti ed inerti,
  i mostri vide, ma con gli occhi aperti
    per afferrar le prede un'altra volta.
  .... E passò.—Qualcheduno egli cercava
    al di là de la folla e de la strada,

col grigio sguardo acuto come spada
pieno di lampi tra la chioma flava.
E passò tra il fetor de le taverne,

tra l'immensa putredine ove langue
l'ignota gente che di pianto e sangue
bagna il calvario de l'angosce eterne;
tra l'orror de le carceri e l'orrore

de gli ospedali e il fango del selciato
passò, co' suoi felini occhi in agguato,
una fiaccola d'odio accesa in cuore;
e un giorno—un giorno, finalmente, a Quello

ch'egli cercava da l'età lontana
giunse, fendendo una muraglia umana,
e gli cacciò nel petto il suo coltello.
Tu fili, o Madre, presso il focolare

insanguinato.—Le tue labbra smorte
che bevvero a la coppa de la morte,
non osan più, non sanno più pregare.

Entro il tugurio tuo nulla è mutato.
V'è l'uguale miseria e v'è l'uguale
nuda tristezza, e un tanfo glacïale
qual di covo selvaggio abbandonato.

Tu fili, o Madre, o Martire, il lenzuolo
ove sarai, per la tua pace, avvolta.
E implori presso il figlio esser sepolta,
perch'ei non sia, pur ne la morte, solo.

L'ami, il tuo figlio che ne l'odio scritto
portò il suo fato.—Forse, incoscïente,
un germe de la tua psiche dormente
passò in lui, fecondando il suo delitto.

L'ami, ferita in lui, per lui dannata
de la vergogna a l'implacabil giogo,
de l'insonne rimorso al laccio al rogo,
complice ignara, santa e disperata.

E ancor nel sogno l'accarezzi, come
ne gli spenti crepuscoli di pace,
quand'ei, lupatto indomito rapace,
scarno fra l'ombra de le flave chiome,

ti chiedeva, col grigio occhio felino
pieno di lampi, una storia di re.
Tu tremavi—e gravar su lui, su te
sentivi, enorme e fredda ombra, il Destino.

MARTHA

Sopportò gli urti de l'acerba doglia
ritta, bianca, silente, al suo telajo.
Quando ogni opra cessò, sotto il rovajo
corse a la casa, e cadde su la soglia.

E gemè senza freno—e allor che sôrto
fu il pallido mattin, la sventurata
con un urlo di bestia lacerata
mise a la luce un angioletto morto.

Il piccolo cadavere fu tolto
da gli occhi de la madre—e tutto tacque.
Tre dì sovra i guanciali ella si giacque,
fatta di pietra ne l'immobil volto;

ma il quarto giorno—e gelido il rovajo
soffiava ancora—volle alzarsi, esangue
come avesse perduto tutto il sangue....
.... Così disfatta, ritornò al telajo.

ELIANA

Un'ombra è ne' suoi strani
occhi. Il suo petto è scosso
da un brivido. Sul rosso
velluto le sue mani
s'abbandonano, come
morte. E di morta è il volto,
fra l'ondeggiar disciolto
de le scomposte chiome.
Premerà dunque il greve
travaglio, il peso enorme,
le sue scultorie forme,
la sua beltà di neve?...
Spasimerà la pura
marmorea carne anch'essa,
dilanïata, oppressa
da l'immortal tortura?...
No.—La superba vuole
de i balli fra le chiare
pompe gioir, regnare,
come rosa nel sole!...
E le purpuree tende
quasi regali, e i densi
tappeti, e i vasi immensi
ove l'oro s'accende,
son complici a l'abisso
perfido che la tenta.
Oh, come ella diventa
livida!... oh, come fisso
si fa il suo sguardo!... come
arde!... ma condannato
ha il figlio.—È decretato
l'atto che non ha nome.
.... Morrai fra poco, umano

germe che il mondo ignora,
e che, nel sonno, l'ora
vital sognasti in vano:
morrai fra poco, o cuore
soffocato ne i brevi
tuoi battiti da lievi
mani, senza rumore:
pura alba, che diritto
avevi a la tua sera!...
Non teme la galera
chi osò questo delitto.
Ne i balli andrà, qual giglio
immacolato il viso,
la Pallida, che ha ucciso
se stessa nel suo figlio:
andrà, come se fosse
viva.—Ma un sordo male
misterïoso, da le
viscere che le rosse
sue mani han profanate
succhierà il sangue, lene
lene, fin che le vene
avrà tutte vuotate;
e una manina informe
l'attirerà fra l'onda
del gorgo senza sponda
ove il rimorso dorme.

«VENGO, NINÌ»

«Vengo, Ninì.—So bene
che mi aspetti da tanto
tempo, e ti struggi in pianto
quando la notte viene.
So che non hai riposo

che col tuo capo sulla
mia mano.—A la tua culla
di fango il furïoso
uragano s'abbatte.
T'infràdicia la piova
la camicina nova
ch'io t'ho cucita. E batte
e batte la manina
su l'assi de la bara:
—Mamma, la terra è amara
se non mi sei vicina!...—
.... Lascia ch'io metta i fiori
ne i vasi, e accenda il foco
pel babbo, che fra poco
ritornerà da fuori.
Ch'ei trovi ogni sua cosa
linda, anche in questo giorno;
e i crisantemi in torno
al tuo ritratto rosa....
.... Povero babbo!... solo
sarà, per sempre.—Vengo,
Ninì.—Se mi trattengo
un poco, o mio figliuolo,
se m'indugio così,
è perchè penso, sai,
al babbo, che più mai,
più mai....—Vengo, Ninì.—»

È PARTITA

Stesa fra il letto e il muro
ei la trovò stanotte.
Sul cuore un grumo oscuro
di sangue; fra le dita
la rivoltella; calmo

il volto, come in vita;
bella qual'era ai lieti
anni di giovinezza,
quando mirti e roseti
non eran freschi come
il fior de la sua bocca,
il fior de le sue chiome.
Nulla lasciò: nè pure
un foglio che dicesse
—*perdonami.* —Nè pure
una riga d'addio.
Ne la sinistra ancora
stringe,—davanti a Dio
che il suo Ninì le prese,—
un ricciolo del bimbo
seppellito da un mese.

L'ABBANDONATO

Un'ombra di donna comparve ne l'ombra notturna,
strisciante, radente, fuggente pel vicolo tetro.
Depose un fardello, disparve—così, taciturna,
così, senza volgersi indietro.
È vivo il fardello.—Ne parte un sottile vagito,
lamento d'implume perduto che chiama il suo nido.
Le mura, le porte, le pietre di cupo granito
ascoltan quel tremulo grido.
La bassa finestra ne parla al rossiccio fanale
che s'apre qual fumida piaga nel cuor de la via.
Il vento che passa ne parla a la stella immortale,
al cielo che in alto s'oblìa.
Il trivio, con sordo ribrezzo, bisbiglia a la fogna:
—C'è un bimbo là in fondo,
c'è un bimbo che muor sul selciato:
Colei che nel mondo lo mise, per fame o vergogna

al fango così l'ha gettato....
.... Perchè?... che ferocia di leggi su gli uomini grava
se fame o vergogna può vincer l'istinto materno?...
che benda t'accieca?... che lacci, o degli uomini schiavi
t'attorcono il cuore in eterno?...»
Il fioco vagito che chiama la madre e la culla
diventa singhiozzo, poi rantolo.—Il vicolo guarda
con occhi sbarrati, morire quel bimbo, quel nulla,
in grembo a la notte codarda....
La notte trapassa, fremente di pianti non pianti,
d'angosce non dette, di sdegno terribile e muto.
Vorrebbe, non può—vano strazio di tenebre oranti!...
salvar quell'umano rifiuto.
Si spengono gli astri nel brivido primo de l'alba
che sparge di cenere il cielo, che schiude le porte,
che chiama le donne a le soglie, fantastica, scialba,
dicendo: È passata la Morte....
Là giù, come un piccolo cencio che il lastrico ingombra
appare, nel giorno, l'Ignoto.—Egli è nudo ed è solo.—
Nè madre, nè casa, nè croce.—Più lieve di un'ombra....—
.... Raccoglilo tu, cenciaiuolo.

ZINGARESCA

Fra i pioppi, mentre sorge alta la luna,
al tardo passo de i cavalli stanchi,
l'errante casa va de i saltimbanchi,
inseguendo l'ignoto e la fortuna.
V'è un lumicino ad una finestrella,
e guizza e trema ne l'incerto andare;
presso il lume, il suo pargolo a cullare,
canta una donna con fioca favella;
limpida e triste, di dolcezza piena,
di lacrime e d'amor,
ai pioppi de la via la cantilena

tesse i suoi fili d'ôr.
«Dormi a l'ombra de' miei lunghi capelli,
de' miei lunghi capelli zingareschi,
piccolo bimbo tutto mio, da i freschi
labbri e da gli occhi regalmente belli:
quando tramonterà la luna chiara
sul fiume, al primo impallidir de l'alba,
sostando fra le siepi di vitalba
saluteremo la stella boara;
respirerem la brezza vagabonda
che avviva fiore e stel;
liberi come barca sopra l'onda,
allodola pel ciel!...
Di questi cenci non aver paura,
non temer quando sibila il rovajo,
o la neve implacabile, a gennajo,
ci blocca su le vie. La vita è dura.
Meglio liberi andar con freddo e fame
che infrangerci a le sbarre de la legge.
Questa che tutto afferra e tutto regge
pesando come cupola di rame
su i ricchi schiavi ai quali è scudo e cella,
si chiama civiltà.
Piccoli schiavi de la vita bella,
voi ci fate pietà!...
Dormi.—T'avvolge la mia chioma nera,
ombra di sogno e sfavillìo di spada.
Dormi, o nato su l'orlo d'una strada,
senza dolore, un giorno di bufera.
Io t'ho create vèrtebre di belva,
occhi di falco ed anima di sole.
La magnifica terra a sè ti vuole
co' suoi effluvii di solco e di selva;
quel ch'io t'ho dato è sangue rutilante
di razza imperïal

che de la piena libertà vagante
sa il fascino immortal!...»
Va e va per la tacita pianura
come un fantasma al raggio de la luna,
inseguendo l'ignoto e la fortuna
il carro zingaresco, a la ventura.
Va e va.—Ma gorgheggiano le smorte
labbra di lei che stringe il bimbo al core
la canzone più forte del dolore,
più forte del martirio e de la morte;
ebra di spazio e di malinconia,
ai rami, ai nidi, ai fior
l'indomita selvaggia rapsodìa
tesse i suoi fili d'ôr....

IL CORREDINO

Da l'alba, febbrilmente,
ella cuce, in silenzio.
Sul lavoro le lacrime
come gocce d'assenzio,
cadono a tratti, lente.
Un'angoscia infinita
il petto le attanaglia.
E pure ella sa vincersi,
stoica ne la battaglia
del cor contro la vita;
e lavora, lavora.
Par che non pensi a nulla
fuor che a quel bianco e morbido
corredino di culla....
Lavora—e passa l'ora.
Oh, cessare un istante,
oh, rotolarsi a terra,

gridando a Dio lo strazio
cieco che il cor le serra,
povero cor tremante!...
No.—Dev'esser finito
il corredino, a sera.
Reclina ella su l'agile
mano color di cera
il visino patito;
e ammassa febbrilmente
punti e punti, in silenzio.
Sul lavoro le lacrime,
come gocce d'assenzio,
cadono a tratti, lente.

«MATER INVIOLATA»

Un bambino agonizza a l'ospedale:
suor Benedetta veglia al suo guanciale.
Le manine contratte sul lenzuolo
annaspano, e la bocca un nome, un solo
nome sospira: O mamma!...—ne l'affanno
del rantolo. I velati occhi si fanno
di vetro. Egli non vede più.—Ma ancora,
perdutamente,—O mamma, o mamma!...—implora.
La suora a confortar quell'agonia
dice, mentendo con la voce pia:
—Ecco la mamma: ecco, è venuta: taci:
senti le mie carezze ed i miei baci?...
Starò con te, fin che sarai guarito:
taci.—Verrà l'april gaio e fiorito,
e il tuo visetto tornerà di fiamma:
càlmati, dormi presso la tua mamma....»
.... S'acqueta il bimbo. Il moribondo viso
si ricompon ne l'ultimo sorriso;

fra l'invocate ali materne giace;
spira la consolata anima, in pace.
.... Ma quando l'alba torna a la crociera,
trova la suora immobile, dov'era.
Sta presso il morticin curva a ginocchi,
e una luce novella è ne' suoi occhi:
uno spasimo strano, una diffusa
onda di amore irruppe ne la chiusa
sua vita: sopra un mar glauco e sonoro
aprirsi vide ella una porta d'oro;
le parve in quelle immense onde sparire,
tremò, comprese, si sentì morire.

NINNA-NANNA DI NATALE

—*Ninna-nanna*....—gelato è il focolare,
fanciul: non ti svegliare.
Per coprirti dal freddo, o mio bambino,
cucio in un vecchio scialle un vestitino.
Ma il lucignolo trema e l'occhio è stanco,
bimbo dal viso bianco.
Chi sa se per domani avrò finito
questo che aspetti povero vestito!...
Ninna-nanna —È la notte di Natale....
Libera nos dal male.
Cade la neve senza vento, fitta:
sgocciola un trave qui, ne la soffitta.
Io ti narrai la storia di Gesù,
bimbo.—Guardavi tu
lontano coi pensosi occhi che sanno
già tristi cose, e tante ne sapranno;
e mi chiedesti: È ver che nacque in una
stalla, ed ebbe per cuna
un po' di paglia, e andò povero e solo

per noi, nel mondo?...—È vero, o mio figliuolo.
E redimerci volle, ed un feroce
odio il confisse in croce;
e invan, da venti secoli di guerra,
l'ombra de la sua croce empie la terra;
chè sempre il viver nostro si trascina
fra bettola e officina,
fra l'ignoranza e la miseria nera,
fra il vizio, l'ospedale e la galera.
.... Pace ed amor non avrem dunque mai?...
O bimbo!... tu non sai.—
La notte è santa.—Mulinando cade
la neve bianca su le bianche strade;
e domani, con l'alba, le campane
diran: riposo e pane
a gli uomini di buona volontà!...—
Ma menzogna terribile sarà.
Sarà menzogna sino a quando, o figlio,
in ogni aspro giaciglio
simile a questo, in ogni nuda stanza
simile a questa, ove non è speranza,
a l'alba di Natale ogni bambino
che soffra il tuo destino
e mangi pan con lacrime commisto,
si sveglierà con l'anima di Cristo:
e tutte le soffitte avranno un fiero
fanciul che andrà il pensiero
temprando a gli urti de la vita grama,
sino a foggiarne un'invincibil lama:
e un giorno insorgeranno a milïoni
con fulmini e con tuoni
questi profeti: e al loro impeto alato
il vecchio mondo crollerà, stroncato:
ed il Vangelo allor sarà sovrana
legge a la vita umana:

e—Pace,—allora, dire si potrà
agli uomini di buona volontà!...
Ne le viscere nostre oppresse e macre
di popolane, sacre
a la fatica ed al servaggio muto,
il miracol di Dio sarà compiuto.
Ed ora, o figlio, del tuo letto al piede,
con inesausta fede
questa leggenda di Natale io dico:
—Cristo del sangue mio, ti benedico.—

QUEL GIORNO

Quel dì la terra avrà, sotto i divini
cieli adoranti, un rispuntar gioioso
di fronde, e un mite aulir di biancospini.
Ogni soglia quel dì sarà fiorita
d'ulivo, a custodir la dolce casa
ove l'amor benedirà la vita.
Ed ogni madre allatterà suo figlio
con letizia e con pace, in lui versando
la potenza del suo sangue vermiglio;
o pur, china sul forte giovinetto
da lei cresciuto, d'incorrotti sensi
gli tesserà salda corazza al petto,
con le parole che le labbra oranti
ripeteran ne' giorni in cui si muore,
pensando il casto viso e gli occhi santi.
Più non dovrà, più non dovrà nessuna
donna, per legge di servil fatìca,
lasciar la casa e abbandonar la cuna.
Libera Dea di tempio immacolato,
verso la luce condurrà l'Eroe

da la sua carne e dal suo spirto nato.
E tutti allor saran fratelli in questa
religïon del doloroso grembo
che li creò pel sole e la tempesta:
nel sogno, nel lavoro e ne la messe
fratelli:—in nome di Colei che in tutti
gl'idiomi del mondo e con le stesse
infinite carezze in fondo al pio
sguardo e le stesse lacrime nel cuore,
perdonando susurra: O figlio mio!...—

RITORNO A MOTTA VISCONTI

Ella dintorno si guardò, tremando,
e riconobbe la selvaggia e strana
terra che a fiume si dirompe e frana
entro l'acque, che fuggon mormorando.
Il guado antico riconobbe e il prato
e le foreste, azzurre in lontananza
sotto il pallor de i cieli:
e il passato di lotta e di speranza,
il suo ribelle e splendido passato
ricomparve, senz'ombra e senza veli.
Piegavano gli steli
in torno, ed ella respirava il vento:
vento di libertà, di giovinezza,
soffio di primavere
sepolte, belle come messaggere
di gloria, piene d'ali e di bufere
vïolente e d'immemore dolcezza!...
Ora, silenzio.—Un battere di remi,
solitario, nel fiume: un lontanare
di cantilene lungo l'acque chiare,
e nel suo petto il cozzo de' supremi

rimpianti.—Oh, prega, anima che t'infrangi
a l'onda de i ricordi, travolgente
come tempesta a notte:
anima stanca in vene quasi spente,
così giovane ancora, oh, piangi, piangi
con tutte le tue lacrime dirotte
qui dove i sogni a frotte
ti sorrisero un giorno!... Ora è finita.—
.... E strinse fra le mani il capo bruno:
a lei da la profonda
coscïenza, com'onda chiama l'onda
nel plenilunio a fior de l'alta sponda,
salivano i ricordi ad uno ad uno.
E rivide la vergine ventenne
con la fronte segnata dal destino
sfiorar diritta il ripido cammino,
baldo aquilotto da le ferme penne.
La nuda stanza fulgida di larve
rivide, e il letto da le insonnie piene
di cantici irrompenti;
ed il sangue gittato da le vene
robuste, il sangue di veder le parve,
ne la febbre de l'arte su gli ardenti
ritmi a fiotti, a torrenti
gittato—E i versi andarono pel mondo,
da la potenza del dolor sospinti;
e parvero campane
a martello; e le case senza pane
e senza fuoco e la miseria inane
dissero, e l'agonie torve de i vinti.
Ma la vinta or sei tu, che de la morte
senti, a trent'anni, il brivido ne l'ossa,
e ben altro aspettavi da la rossa
tua giovinezza così salda e forte!...
Tutto dunque fu vano?... e così fugge

oscuramente dal tuo cor la vita,
dal cerebro il fervore
de i ritmi, come sabbia fra le dita?...
Ah, niun guarisce il mal che ti distrugge!...
.... Pur de le sacre tue viscere il fiore,
la bimba del tuo amore
torna da i boschi, carica di rose.
Essa che porta la divina fiamma
del sogno tuo ne gli occhi,
lascia cader le rose a' tuoi ginocchi,
e dice, e par che l'anima trabocchi
ne la sua voce: Perchè piangi, mamma?...—

LA CULLA

Ora ella veglia, calma nel sorriso,
presso il lettuccio ove la bimba dorme.
Hanno nel sonno le infantili forme
una soavità di paradiso.
S'addormentò la bimba con la mano
ne la sua mano; ed ella più non osa
toglier le sue da quelle
piccole dita, petali di rosa.
S'addormentò la bimba su lo strano
ritmo d'una canzon d'ali e di stelle
e di bionde sorelle,
ch'ella cantava:—ora la sogna, forse.—
E ne la calma quasi augusta, piena
di taciti pensieri,
la smorta donna dai grand'occhi neri
ripete nel suo cor la cantilena.
«C'era una volta....»—ma perdutamente
si spezza la canzon nel triste cuore.
L'anima antica insorge in un clamore
di tempesta.—Sei tu, quasi morente?...

Sei dunque tu la zingara boema
libera come il raggio e come l'onda,
che respirò l'ebrezza
del sole e de la rondine errabonda,
e ne i canti onde l'aria par che frema
ancor, tutta versò la giovinezza?...
L'infinita stanchezza
del tuo viso confessa il lungo male
che a poco a poco ti vuotò le vene.
E pur tu condannata
non sei.—Ti vuole a sè quest'adorata
culla ove dorme e palpita il tuo bene.
—Vivrai per questa bianca creatura
che uscì da la tua carne dolorosa.
Una potenza che a te stessa è ascosa
avvampa ancor ne la tua fibra oscura.
Ancor tu guarderai la vita in faccia
per lei, per lei ch'è sangue del tuo sangue;
e ascenderai le cime
eccelse, ove lo spirito non langue;
per lei, per lei ritroverai la traccia.
Se l'anima nel pianto si redime,
raccogli tu ne l'ime
fibre la poesia del tuo dolore:
poi va—trasumanata.—E avanti, avanti,
fin che ti regga il piede,
fin che non abbia la tua nova fede
infiammati d'amor tutti i tuoi canti!....
.... Passano l'ore e passano le stelle
pallide su quel sonno d'innocente,
mentre la donna fragile e possente
dal fermo cuore ogni viltà si svelle.
.... «O creatura mia, piccolo fiore
che chini e chiudi le tue foglie a sera
per riaprirle al raggio
de l'alba: solo ed inesausto amore

oltre la vita, oltre la morte nera:
guida il mio sogno, tempra il mio coraggio
lungo il cammin selvaggio!...»
.... Passano l'ore e passano le stelle.
La madre veglia—e ancora, nel divino
silenzio, ella non osa
toglier la sua da quella man di rosa
che tiene avvinto tutto il suo destino.

UN RICORDO

Un meriggio di luglio, un'afa bassa:
io consunta di febbre, abbandonate
su le lenzuola le braccia stroncate,
e immobil come salma ne la cassa.
Ne l'orrenda stanchezza un solo, acuto
pensier: la bimba.—La sua voce piana
giungeva a me da una stanza lontana,
come ne i sogni:—tutto il resto, muto.—
E il suo piccolo passo udìi venire,
dopo, sino al mio letto.—Dolcemente
mi prese, mi baciò la mano ardente....
.... ed a quel bacio io mi sentìi morire.
Precipitava i colpi vïolenti
il cor malato, sino a soffocarmi.
Le tempie, come tizzi, eran roventi;
le membra, fredde come freddi marmi.
Tentavi con le tue di riscaldare
queste povere mani moribonde.
Io mi sentiva l'anima affondare
in un mar senza scampo e senza sponde.
Dissi, come in un soffio: La bambina.—
E vidi ne' tuoi buoni occhi una forte
promessa.—Al buio, come un'assassina,
stava in agguato, dietro a me, la morte.

DESTINO

Non dovevo morir.—V'è una parola
Che niuno ancora su la terra ha detta.
Scriverò la parola benedetta
col puro sangue del mio grembo, io sola.
Solo una madre il gran mister può dire
che disserra le fonti de la vita.
Io sarò quella madre.—Io l'infinita
gioia che fa ogni volto impallidire
canterò.—Coi fanciulli su i ginocchi,
febbricitanti di dolcezza, tutte
le donne in me saran sospese, tutte
le donne avranno in me raccolti gli occhi,
e un'ebrezza d'orgoglio al cor profondo
sentiranno affluir per ogni vena
al mio grido: Ave o Madre, o *Gratia plena*,
che porti e nutri ne' tuoi fianchi il mondo.

IL CALVARIO DELLA MADRE

Grembo materno strazïato e forte,
di tua fecondità l'invitto segno
in te impresso sarà fino a la morte.
Ave.
Bocca materna, non avrai più baci
che non sien quelli di tuo figlio—come
sigilli d'oro fulgidi e tenaci.
Ave.
Occhi materni, voi vedrete il mondo
dietro un velo di lagrime, seguendo
ansiosi il folleggiar d'un bimbo biondo.
Ave.
Mani materne, voi più non saprete
che blandire e sanar le rosse piaghe
di colui che a la terra offerto avete.
Ave.

Vita materna, non sarai più nulla
fuor che l'Ombra vegliante ad ali aperte,
con lunghe preci, a fianco d'una culla.
Ave.
Cuore materno, cuore crocifisso,
cuor benedetto, cuore sanguinante,
cuore pregante a l'orlo d'un abisso,
non più per te, non più per te vivrai;
ma pel figlio, pel figlio in mille forme
di perdono e d'amor rinascerai.
Ave.

DOLCEZZE
A Giovanni
SONETTO D'INVERNO

Cade la neve a falde larghe e piane
da ore e ore, senza mutamento.
Non una voce, non un fil di vento,
non echi a le casupole montane.
Ne i boschi e su le immote alpi lontane
ogni soffio di vita sembra spento:
sotto il bianco lenzuolo è un sognar lento
di piante, d'erbe e di tristezze umane.
Qui, nel camino, ardon le fiamme a spire:
tu mi sorridi: io penso, amico mio,
che dolcezza ha in quest'ora il nostro nido.
Cerco il tuo labbro che non sa mentire,
mi stringo al cor che non conosce oblìo,
m'abbandono tremante al petto fido.

PRIMULE

Sbocciano al tenue sole
di marzo ed al tepor de' primi venti,
folte, a mazzi, più larghe e più ridenti
de le viole.
Pei campi e su le rive,
a piè de' tronchi, ovunque, aprono a bere
aria e luce, anelando di piacere,
le bocche vive.
E son tutti esultanza
per esse i colli; ed io le colgo a piene
mani, mentre mi cantan per le vene
sangue e speranza;
e a dirti il dolce amore
che a te solo m'allaccia e a cui non credi,
con un palpito in cor getto a' tuoi piedi
fiore su fiore.

IL RITORNO DI BIANCA

Ella verrà.—Noi ci guardiamo in viso
pallidi, col tremor che dà la gioia
quando trabocca; e il tuo labbro ha un sorriso
di gaiezza così trepida e buona,
che a l'aperte tue braccia io vengo, amico,
con l'anima che tutta s'abbandona.
Ella verrà.—La casa è trasformata,
pel giunger de la piccola regina,
come da un tocco magico di fata.
Ella si guarderà con meraviglia
dintorno, spalancando i suoi grand'occhi
già pensierosi sotto lunghe ciglia;
e i suoi piccoli piedi, come rose
freschi, e le mani piene di carezze,

e i trilli, e i giochi, e le leggiadre cose
di quell'infanzia saran nostra vita:
per essa tu ritornerai bambino,
io sarò come pianta rifiorita.
Troverò nuovi ritmi e nuovi canti
che a onde a onde sgorgheran dal cuore,
i suoi sonni a cullare e i lunghi pianti;
e tu starai, devoto, ad ascoltare
quel che ogni essenza di bellezza aduna:
d'un bimbo il blando e placido sognare,
e una mamma che canta su la cuna.

RICÒRDATI

Ricòrdati, ricòrdati, anima,
il tempo, il luogo, il sogno ed il tremore.
Ricòrdati la rossa
tunica ch'io vestivo, il mattutino
cinguettìo de le rondini, il pallore
del cielo,
la voce di mia figlia nel giardino.
Ricòrdati, ricòrdati, anima:
—Mamma!... trillava la voce d'argento.
E come per malìa
tutti i mandorli e i peschi erano in fiore,
e tremavano i petali nel vento:
ricòrdati
com'io sentìi spuntarmi l'ali al cuore.
Tutto l'essere mio ne l'infinita
delizia era sommerso,
come àtomo nel sole, come fronda
sul ramo, e vita ne l'eterna vita:
non mai
letizia umana fu così profonda.
Ricòrdati, ricòrdati, anima,
di quell'ora perfetta e fuggitiva:

pei giorni che verranno,
per la noia, per l'ombra e per il male
che t'aspettano, oh, serba intatta e viva
l'immagine
di quell'ora che a te parve immortale.
Ricòrdati, ricòrdati, anima!...
Cadrà questo mio corpo esile in polve,
e in altre forme, in altre
vite tu passerai.—La creatura
ove, per il mister che il mondo avvolve,
o anima,
rivivrai come forza di Natura,
in un'ora d'aprile da un'ebrezza
di gioia sarà vinta,
senza saper perchè: dirà, tremando:
—Dove, come io provai questa dolcezza
un giorno?...
In qual giardino sconosciuto, e quando?...—
Ricòrdati, ricòrdati, anima!...
Il gaudio a lei verrà da la radice
de l'essere, ove freme
la memoria del senso.—E non saprà
in quell'unica e sacra ora felice,
o anima,
donde le venga la felicità!...

ACQUERELLO

Gioca una schiera
di bambini sul prato.—È mite il giorno.
Piena di luce e di carezze, in torno
aleggia Primavera.
Ridono i cieli
e l'erbe nuove: senza fronde, pura,
biancheggia la virginea fioritura
de i mandorli e de i meli.

A le finestre
schiuse a la gioia de l'aria e del sole,
portano i venti olezzi di viole,
di timo e di ginestre.
Svolan canore
le rondini, che amor tutte conduce;
salutano coi freschi inni la luce,
il nido, il bimbo, il fiore.
E sono belli
i bimbi, e v'è fra lor la mia piccina
che, incerta ancor del passo, una manina
tende ai più grandicelli:
timidamente
coglie primule d'oro, e poi pispiglia;
e le brilla d'ingenua meraviglia
il bruno occhio ridente.

CANTILENA

Dammi la piccola mano,
vieni con me tra le selve.
Per l'aria fragrante d'aromi
le bianche farfalle ti cercano.
Sei la sorella de i fiori,
de le libellule azzurre;
de l'erbe il sommesso linguaggio
comprendi, e rispondi cantando.
Sento un accordo sommesso
fra lo stormir de le foglie,
fra i brividi lunghi de l'acque,
o figlia, e il tuo gaio parlare.
Forse eri un giorno la felce
che a l'ombra folta verdeggia;
riscioglierai forse il tuo volo,
o allodola, un giorno, pei cieli.

L'ACQUAZZONE

Si sciolsero le nubi, a l'improvviso:
piovve a dirotto.—Al limite del campo
vidi la bimba, fra uno scroscio e un lampo,
bello fra i ricci bruni il fresco viso.
Tesi le braccia; ed a traverso il nembo
la bimba accorse, fradicia e ridente,
e mi cadde sul cuore, e il suo fremente
piccolo corpo mi raccolsi in grembo....
.... Passano i giorni, passano—e si muore.
Ben altre furie di tempesta tu
affronterai—ma non ci sarà più
la tua mamma a raccoglierti sul cuore.

CANTA A' MIEI PIEDI....

Canta a' miei piedi, come uccel fra i rami,
la bimba.—Come zolla a primavera,
per lei la stanza olezza di ciclami.
Parla con la sua bambola, e la culla
con miti atti materni, e con lei ride.
Nulla mirai di così dolce, nulla
udìi che avesse la freschezza alata
di questa voce: aura tra foglie, vena
garrula d'acque, musica sognata....
.... Testina bruna e bocca di sorriso,
cuore che vivi di felicità,
io penso, intenta e scolorata in viso,
a l'avvenir che fra le nebbie sta.
Come lontano!... ma verrà.—V'è un'ora
per tutto.—Or giochi; ed in te dorme intanto
l'eterna sfinge che se stessa ignora.
Dormono istinti e sogni, e il bene e il male,
e l'energie de la tua razza, e il foco

roditor de la carne, e l'ideale;
l'opera forse ch'io non ho compìta,
e che risorgerà per la vittoria
in te, vibrando di più vasta vita;
forse il poema de l'uman dolore....
.... Potrò seguirti per l'ignota via?...
Perdutamente ora ti stringo al cuore,
o bimba, o bimba, or che sei tutta mia.

L'OMBRA

Sediamo, tacendo, sul queto
balcone che guarda il giardino:
io cucio, e tu fingi di leggere:
ti gioca la bimba vicino.
Rintoccan da lungi le piane
campane de l'Ave Maria.
Un'ombra ci scende su l'anima,
non sai, non sappiamo che sia;
così, come un'ombra di nube
o d'ala, che rapida passa.
Non dico la cosa terribile,
nè pur con la voce più bassa:
lo so, temerario è tentare
la morte, sia pur con un detto.
—Silenzio.—Tu stringi con braccia
di ferro la bimba al tuo petto.
.... Passaron per te, con la vita,
le torve tempeste del cuore,
le smanie che a te pur sembravano,
—e forse non eran—l'amore:
passaron per me, con la vita,
degli estri il magnifico grido,
e i sogni di gloria.—Ci pènetra
ormai la dolcezza del nido;

per questa dolcezza viviamo,
serrati a la bimba, così....
Che cosa faremmo, se l'angelo
di casa non fosse più qui?...
Io, sì, potrei vivere ancora,
sai?... viver fra i muti balocchi,
gli sparsi alfabeti e le bambole
sue bionde, che chiudono gli occhi:
canuta e disfatta, ma vivere,
per vincer con torbida e forte
superbia il mio strazio, e costringerlo
nel verso che sfida la morte:
costringerlo tutto, con brani
di cuore, cogli urli supremi,
con tale irruenza di spasimo
che il mondo ne soffra e ne tremi....
Ma fuor de la semplice culla
che il bianco tuo fiore cullò,
oh, tu non avresti più nulla,
tu t'ammazzeresti.—Lo so.—

PICCOLA CASA

Piccola casa che da' tuoi balconi
respiri il verde e ridi a Primavera,
piccola casa ov'Ella un dì non era,
ov'Ella schiuse i suoi lucenti occhioni:
piccola casa linda come un fiore
ove il mio core in Lei trovò la pace,
che taci, mesta, se la bimba tace,
che lieta echeggi a l'infantil rumore:
in te sien puri ogni atto, ogni parola:
schiuse sien le tue porte a chi domanda
pane, e a la tua pietà si raccomanda:
da te prorompa il gesto che consola.

Palpita, come un nido: apri tua fronda,
come un rosajo. Il calmo declinare
del giorno aduni, in torno al focolare,
pie fronti ove rimorso non s'asconda;
e le finestre a l'albe senza veli
schiudansi per desìo di luce e d'aria,
salutando l'allodola che svaria
inebriata pel nitor de i cieli;
salutando col sol la gioia eterna
del moto, e il ritmo de le forze umane.
Amore, amore, amor dona col pane,
piccola casa semplice e fraterna:
ogni cantuccio in te serbi un'alata
eco, un sorriso, una gentile istoria:
tutto di te sia dolce a la memoria,
piccola casa ove mia figlia è nata.

TU SOLA

Corona di spine e di raggi,
martirio invocato con braccia
protese, con supplice cuore,
maternità!...
tu sola
sul mesto femineo destino
fiorito d'amore e di pianto
imprimi il suggello divino.
Torrente di vita che rompi
le viscere d'Eva, a nutrire
la gioia e il vigor de la terra,
maternità!...
tu sola
redimi e consacri del senso
la cieca follìa; tu, sbocciata
da un bacio, in aromi d'incenso.

La gracile Schiava, strumento
d'ebrezza, di sogno e di morte,
fra l'ombre de gli evi te attese,
maternità!...
te sola
che a lei redimisse la fronte
di pallide rose, a celare
del lungo servaggio le impronte.
Se, libera e sacra, Ella segua
domani la fulgida via
che il Dio de la vita le impone,
maternità!...
tu sola
potrai, col tuo verbo profondo,
avvincer le razze: tu sola
sarai la salvezza del mondo.

LA CENTENARIA

Prega—e in un soffio spirali le preghiere
tremanti su la bocca ùmile e tarda—
la venerata candida Vegliarda
che vide più di cento primavere.
Tutto ne la sua casa è come un giorno
era: ma triste, solitario, immoto:
figli e nepoti verso il grande ignoto
fuggiron tutti, senza far ritorno.
Prega—ma non ricorda, e non desìa.
—Forse ella è morta prima di morire.—
Lo stanco cuor che non sa più soffrire
s'aggela in una immemore agonia.
.... Fuori, da l'alba, neve senza vento.
Bianche le case, bianca la pianura.
Par che avvolga un candor di sepoltura
la cieca Ava pregante, il mondo spento.

Ella fu un giorno fresca come il fiore
de i prati, ed ebbe la serena fronte
d'Ebe, e sciacquò le vesti al chiaro fonte,
stornellando di rondini e d'amore.
Andò sposa a colui che fra i valenti
figli del solco a lei parve il più forte;
cinse d'ulivo e d'edera le porte
de la sua casa, e custodì gli armenti.
Nacquero i figli dal suo bronzeo grembo
di vincitrice, audaci come belve,
liberi per radure e campi e selve,
esperti in guadar fiumi al sole e al nembo.
Crebbero come il grano su l'arista,
in un fulgor di forza aspra e possente;
e ognun lasciò la Madre, avidamente
sognando il mondo per la sua conquista.
Ella rimase presso il focolare
sacro, traendo a l'alta rocca il fuso.
Nuova talor de' figli al nido chiuso
come rondin venìa, da terra e mare.
Tumultuanti d'energie superbe
trasfuse in lor da le materne vene,
toccavan essi il sommo segno, il bene
eccelso, invitti ne le pugne acerbe.
Ella rimase, casta guardiana
de la casa e de i campi abbandonati.
Quante volte tornò l'erba ne i prati,
quante volte fiorì la maggiorana?...
Quante volte passò l'aguzzo dente
de l'aratro nel solco, ed il baleno
di cento falci sotto il ciel sereno
rise di gioia fra la messe aulente?...
Ella non sa.—Più non ricorda.—Prega.—
Forse or non è che un vano simulacro
di vita,—Il corpo assiderato e macro

sotto un terror d'eternità si piega.
Ella fu come l'albero che diede
tutti i suoi fiori e tutte le sue fronde;
ella temprò le forze sitibonde
de i figli con l'ardor de la sua fede;
creò la stirpe e fu sovrana.—Espande
or la stirpe selvaggia un irruente
fiume di gioia per le arterie spente
de gli uomini.—E la Madre, ùmile e grande,
posa.—Sovra le innumeri vittorie,
tremula e bianca illusïon di vita,
posa, a custodia de la casa avita
che tace, oppressa da le sue memorie.
E tutto tace, in torno a l'alte mura.
La neve cade, lenta e maliarda,
avvolgendo la terra e la Vegliarda
ne lo stesso candor di sepoltura.
Sogna la terra, sotto il largo oblìo,
fiori di pesco e gemme di vermène.
Sogna l'Ava la pace ultima, il lene
battito d'ali che la porti a Dio.

ACQUEFORTI
GLI AMANTI DELLA MORTE

Essi erano stanchi di tutte
le cose vedute.
Nessuna veniva, di tutte
le cose sognate.
La vita, come una straniera
dal freddo sorriso indolente,
ignota passava, fra gente
ignota.—Non era, non era
la vita che un pugno possente
brandisce, scudo, asta o bandiera.

E accadde che un giorno
i fieri assetati pensarono
la fonte che sazia ogni arsura,
la fuga che è senza ritorno,
la gioia de l'ultima oscura
rinuncia, del freddo guanciale,
del bacio che è senza l'uguale,
del sonno immortale.
E ti chiamarono, o Velata.—
Ma tu non rispondi che a l'ora
nel tempo fissata.—
Ed essi sognarono allora
vïolentare le tue labbra smorte:
sognarono il gesto feroce, lo stupro terribile, o Morte!...
E tu, prostituta del mondo,
che sai tutti i baci,
vampiro che succhi ogni vena
con labbra voraci,
tu fosti a quegli occhi la fata
dormente nel chiuso giardino,
il giglio lontano e divino,
la bocca non anco baciata.—
Ti pregarono, a capo chino.
Ti dissero: Vieni, o Velata.
—Con te nel silenzio
del bosco ove foglia non s'agita
e voce d'uccello non canta:
fra cespi di mirto e d'assenzio,
fra tronchi che l'edera ammanta,
o amore di terra lontana,
o luce di fata morgana!...—
.... Fu vana, fu vana
la lunga preghiera, o Velata.
Tu solo rispondi ne l'ora
dal tempo fissata.—

Ed essi sognarono allora
vïolentare le tue labbra smorte:
sognarono il gesto feroce, lo stupro terribile, o Morte!...
E come fanciulla dormente
t'han presa.—Lo so.—
La bocca brutale rovente
la tua soggiogò.
E tu, che prepari implacate
torture a colui che ti fugge,
col morbo che làncina e strugge,
con lunghe agonie disperate,
tu fosti l'Amante che rugge
d'ebrezza fra braccia adorate,
e versa le estreme
delizie con l'ultimo rantolo;
l'Amante com'edera avvinta
che tutta si dona, che freme,
che morde—tu vinta, tu vinta!...
.... Fra cespi di mirto e d'assenzio
or giaccion gli Atleti, in silenzio.
Eterno è il silenzio,
eterna la pace.—Un sorriso
di fiera dolcezza s'effonde
sul rigido viso.
Risognan le gioie profonde
ch'hanno strappate a le tue labbra smorte:
poichè tu ben ami chi t'ama, o bianca, o terribile Morte.

LACRIME SILENZIOSE

Mute, senza singhiozzi, allor che nessuno le vede,
quando, venute l'ombre, de i visi la maschera cede,
mute, senza singhiozzi, solcando roventi le gote,
goccian, da fiere mani nascoste, le lacrime ignote.
Come inesausta fonte, oh, sgorgan nel freddo silenzio,

sciogliendosi su i labbri con acre sapore d'assenzio.
L'ombra le guarda e tace, le ascolta cadere dirotte,
e tace; e in essa il loro segreto d'angoscia s'inghiotte.
Stille di piombo fuso su viscere dilanïate,
ricadono su i cuori—e tutti ne abbiamo versate.
Chi mai, chi mai, fratelli, nel mondo può dir che le sole
lacrime sieno quelle che i cenci rivelano al Sole,
porte e finestre aprendo per chieder pietà su le vie,
pietà pei bimbi scarni, pietà per le ignude agonie?...
Mute, senza singhiozzi, allor che nessuno le vede,
quando, venute l'ombre, de i visi la maschera cede,
mute, senza singhiozzi, solcando roventi le gote,
goccian, da fiere mani nascoste, le lacrime ignote.
Piangon su i vecchi sogni, sul vecchio lontano dolore
che il labbro dice—spento—che è piaga insanabil nel core;
piangon su i figli ingrati, sul mesto avvizzir de la vita
che, come sabbia d'oro, ne sfugge da l'avide dita;
su quel che tu non dici nè pure a te stessa talvolta,
anima miseranda, nel buio, nel dubbio travolta!...
Gocce di vivo sangue, o lacrime ignote, sgorgare
da ignoti occhi vi sento—e, ahimè!... non vi posso asciugare.
Lo metteran sotterra, il cor che in segreto vi pianse:
non saprà mai nessuno che oscura tristezza l'infranse.

LA VECCHIA PORTA

A Elisa Ricci.

La vecchia porta s'apre nel fianco del vicolo oscuro:
goccia miseria e lebbra la crosta del viscido muro.
Nera come un abisso, è muta, è sinistra la porta:
sotto le basse nubi sta, fredda, terribile, morta.
Morta?... no, pensa.—Cose nel tempo sepolte ella sa.
Molto ricorda—amore, dolore, delitto, pietà.
.... Passò, scherzosa, a l'alba, tornò, stanca e pallida, a sera,
con le compagne, l'esile fanciulla che avea ne la fiera

bocca e ne gli occhi glauchi la luce d'un sogno.—Non fu
vista tornare, un giorno. Nessuno la vide mai più.—
.... La vecchia porta pensa:—ne l'andito buio, una notte,
due corpi avviticchiati, un colpo, uno schianto, due rotte
parole: A me! soccorso!...—Durò, dentro l'andito muto,
tutta la notte il rantolo de l'uom che morì senza aiuto.
Piccole, strette bare di bimbi rachitici, spenti
da tabe e da miseria nel fiore de gli anni innocenti,
passarono.—Non pianse la madre, o assai breve fu il pianto:
è dolce ai bimbi infermi la pace del pio camposanto.
Passarono i braccianti, cantando. Ma avevan le note
un ritmo grave, un senso d'ignote tristezze, d'ignote
lacrime.... e una fanciulla da l'alto guardava, chinato
il viso fra i cespugli di qualche geranio malato.
Quanti singhiozzi e sogni di povere vite ascoltò
la vecchia porta?... ora essa è stanca. —Ora pensa: Cadrò.—
Con voluttà di gioia, le picche e i martelli, domani,
faran le grigie case del sordido vicolo a brani.
Abbatteranno i muri stillanti la febbre del tifo,
le garrule ringhiere, degli anditi immondi lo schifo,
le stanze ove s'ammucchian, su stretti promiscui giacigli,
pel torbido riposo i padri e le madri coi figli.
Udran le tristi razze la prima parola d'amore,
sapran che su la terra vi sono degli alberi in fiore,
e gioie ùmili e sante, e case dai lindi balconi
pieni di vento, pieni di gaie ridenti canzoni.
E tu, tu, vecchia porta, travolta ne l'ampia ruina,
vedrai la prima volta, cadendo, la luce divina:
coi palpiti di marzo che sveglian le fresche viole,
respirerai, morendo, la gloria feconda del sole.

L'ORGANETTO

Amo le tue canzoni, o vecchio organetto scordato,
da un monco veterano per ùmili strade guidato.

A lui, che in Aspromonte pugnava fra i pallidi insorti,
tu canti ancor: «Si scopron le tombe, si levano i morti....»:
quando s'addensan l'ombre de' plumbei tramonti pei cieli,
tu arridi a lui con l'inno fedel di Goffredo Mameli.
Amo i tuoi stanchi ritmi, che sanno a la povera gente
portare un soffio, un raggio di queta gaiezza ridente;
che a le donne, sedute coi bimbi rachitici al seno,
dicon non so che sogno, non so che miraggio sereno.
Rapsodo vagabondo, nel buio de' freddi cortili
getti, come d'incanto, l'effluvio de' liberi aprili;
Nina, Rosetta, Bice discendono a salti le scale,
ansando un poco, smorte del lento terribile male
che sugge a goccia a goccia le vene del povero.—E tu
suoni per quella gioia le danze del tempo che fu:
oh, vana, oh, breve gioia di corpi a la vita anelanti,
chiusi doman fra il sordo fragor de le macchine urlanti!...
Rapsodo vagabondo, va dunque, le tue serenate
cantando a le finestre d'anemica ruta infiorate:
getta i tuoi vecchi ritmi ne' trivii ove il popolo muore,
così, come si getta sul fango del lastrico un fiore:
Beethoven de la strada, un vento di turbine, un'onda
d'oscura angoscia infrange talor la tua voce profonda.
Ne le tue rotte corde, nel buono ramingo tuo core
l'anima de la plebe passò col suo stanco dolore,
e piange....—come il cieco vagante a tastoni entro il velo
d'ombra che gli contende l'azzurro implorato del cielo.

L'ULTIMO VALZER

Fra le sue braccia
ella è flessibile
come un virgulto
nel lungo strascico
color viola.
Danzano, danzano

senza parola.
Fra densi effluvii,
fra luci gemmee
piegano, ondeggiano,
stretti trasvolano
ritmicamente;
ed ella fingere
tenta un sorriso
nel bianco viso;
ma il viso mente,
ma il valzer mente,
non s'aman più.
A onde, a fremiti,
a spire, a vortici
si snoda il valzer
pieno di lagrime,
pieno di baci.
E passan agili
coppie fugaci:
corpi di giglio,
spume di rosei
veli, auree treccie,
lenti bisbigli,
carezze lente....
bellezza e musica,
eterna e vana
fata morgana:
follia di danza,
fresca esultanza
di gioventù!...
.... La dama pallida
non è più giovane,
non è più bella.
Fra i ricci morbidi
v'è un filo bianco,

nel petto il fragile
cuore è già stanco.
Danzano, danzano,
avvinti inseguono
nel ritmo l'ultimo
miraggio, l'ultima
speranza in vano.
Giro di valzer
rapido e lieve
sei, vita breve!...
La terra accoglie
le vizze foglie:
il sogno fu.
.... Danzano, danzano
la ridda funebre
sui fiori morti.
L'amore in livido
gorgo s'affonda;
ma ancor del valzer
spumeggia l'onda.
Con lunghi brividi,
con molli e perfide
carezze avvinghia,
trascina, intorbida
l'anima e il senso.
Oh, fra le immemori
ultime spire
così sparire:
di mari ignoti
naufraghi ignoti,
non soffrir più!...

SETTE MAGGIO 1898

Ho quell'ore ne l'anima inchiodate:
la via deserta, sotto un ciel di piombo:
ad un tratto, da lungi, un sordo rombo
di folla, e un grandinar di fucilate.
Porte e finestre in un balen serrate
lugubremente—poi silenzio.—Il rombo
già s'avvicina, sotto il ciel di piombo:
colpi, fischi di palle, urli, sassate.
Fin ch'io vivrò mi resterà ne l'ossa
quell'angoscia, quel soffio d'agonia
su gente inerme del suo sangue rossa;
e vedrò quel fanciul, senza soccorso
morente—un bimbo!...—in mezzo de la via,
china e intenta su lui come un rimorso.

FUNERALE DURANTE LO SCIOPERO

Carro povero e nudo e senza un fiore
che lentamente porti
il fèretro del vecchio muratore
a la casa de i morti,
come un carro di re verso il riposo
che non ha fine, vai:
il corteo che ti segue è glorïoso
come niun altro mai.
Son diecimila e pur sembrano un solo,
calmi, quasi sereni.
Unica e grande sul compatto stuolo
par che un'idea baleni;
e nel ritmico passo e ne l'uguale
respiro e ne le assorte
fronti parli e s'affermi, alta sul male,
sul pianto e su la morte.
«O Camerata, che ne l'aspro e degno

conflitto eri con noi,
e moristi, sperando, in questo segno,
fra le braccia de' tuoi;
volgiti indietro, e guarda. Eccoci tutti
a le tue pompe estreme.
Quel giorno solo noi verrem distrutti
che non saremo insieme.
Sappiamo ormai che, in nostra fede avvinti,
rinnoveremo il mondo.
Son retaggio de i deboli e de i vinti
il gesto furibondo,
il cieco sasso, de gli incendii il lume
sanguigno, e il pazzo urlare.
Noi siamo il grande e maestoso fiume
che volge il corso al mare;
il ghiacciaio noi siam bianco e silente
che leva al ciel la fronte,
e a poco a poco, inesorabilmente,
spacca e sommuove il monte.
L'ultimo aiuto e la speranza estrema
perduta avrem dimane.
Non tener, Camerata. Il cor non trema
se pur ci manca il pane.
Oh, come lungi ancor le radïose
battaglie del lavoro,
fra canti di fanciulli e aulir di rose
sbpccianti a l'albe d'oro!...
Quante vittime ancor lungo la via
irta di sassi e spine,
ne la guerra inugual, ne l'agonia
tremenda e senza fine
de la fatica che non ha conforto,
de la scarsa mercede,
del duro pane!... O Camerata morto,
dormi, ne la tua fede.

Siam diecimila in torno a la tua cassa,
doman sarem milioni.
L'ira nostra non è turbin che passa
denso di lampi e tuoni:
è l'avanzar compatto ed incessante
fra torbidi perigli,
non per noi, non per noi, ma per le sante
gioie de' nostri figli:
è il batter senza tregua coi pesanti
martelli il duro masso,
a poco a poco disgregando, ansanti,
le vèrtebre del sasso:
nostra fede portar come un bel fiore
su l'elsa d'una spada:
stringer le file se un fratel ci muore,
e seguitar la strada.»

REDENZIONE

L'uomo che molto pianse e maledisse
e s'abbrutì per fame,
a colei che di sè mercato infame
lungo i trivii facea,—Seguimi—disse.
Vide ch'ella, a vent'anni, rifinita
era, come vegliarda;
e avea ne la pupilla opaca e tarda
la vergogna e il terror de la sua vita.
Egli dunque le disse: «O condannata
al bacio, àlzati e vieni.
Con quest'occhi che un dì furon sereni
tra i rifiuti del mondo io t'ho cercata.
Perduta sei com'io perduto sono:
pietà di me nessuno
commoverà, pietà di te nessuno:
chi è fuor di legge non avrà perdono.

La tua china è la mia, giù, sino al fondo.
In questo è la salvezza.
Noi avrem la terribile dolcezza
d'amarci come niun s'amò nel mondo.
Per l'infanzia di stenti e di percosse
che ricordi tremando,
pel tuo livido corpo miserando,
per la fame che a venderlo ti mosse;
pel trivio cieco, ove randagie e scarne
ombre velate in viso
offronsi col più squallido sorriso
che mai finga il piacere in triste carne;
per le taverne ove il barabba porta
il rauco ritornello
d'un'oscena canzone, il suo coltello
pronto a ferire, e la sua donna smorta;
per l'alba d'ôr che Iddio promise, io t'amo,
io t'amo.—Così sia.—
V'è una terra nel mondo ove s'espìa
per rinascere.—Credi: àlzati: andiamo.»
Vanno—per espiar.—Tutto il rossore
de i colpevoli e ciechi anni trascorsi,
e i tumulti de l'anima e i rimorsi
vibrano in quell'amore:
come lavacro su le fronti oranti,
scroscïando dal ciel tinto di lutto,
cadono al par di tempestoso flutto
tutti del mondo i pianti.
Vanno—per espiar.—La fulgida ora
non suonò—ma rischiara a poco a poco
le trepidanti anime un riso, un foco
di speranza e d'aurora.
Passano ignoti per ignote strade,
fin che cessa la pioggia e il giorno appare:
giungono a un piano vasto come il mare,

magnifico di biade.
E caste madri e giovani e vegliardi
da la libera festa del lavoro
tra l'erbe verdi e tra le spiche d'oro
miran con dolci sguardi
i due ploranti, e tendono le braccia,
salmodiando il cantico di Cristo:
—Ben venga chi sofferse ignudo e tristo,
e chi smarrì la traccia:
chi, delitti non suoi scontando, infranse
le mura de la legge per un pane,
e tutte seppe le vergogne umane,
e il suo sfacelo pianse!...
Qui ogni vita risorge e si trasmuta:
qui si crede e si canta; e la sublime
giustizia de l'amor salva e redime
il ladro e la perduta.—

INCONTRO

Noi c'incontrammo. Io mi sentìi repente
il gelo su la faccia e un tuffo al core,
e per tutte le membra un'opprimente
gravezza.—Ella era smorta del pallore
stesso che volto e labbra a me coprìa:
tremava del medesimo tremore.
Piegò vêr me la testa in atto muto,
silenzïosa io reclinai la mia:
e mai covò tant'odio in un saluto.

DILUVIO

E piove, e piove senza mai cessare:
piove con odio su la terra scossa.
La rauca voce del torrente ingrossa
più e più, sotto il cieco imperversare.

Empie la stretta valle che s'infossa
fra i monti—e sale, e pare urlo di mare,
l'eco de gli opifici a soverchiare
come rombo di popoli in sommossa.
.... Ascolto—sola.—E penso a le fiumane
che, non lungi di qui, sfascian le rive,
tutto affogando in gialle onde incalzanti;
di qui non lungi, udir credo, su schianti
di case e lagni d'ombre fuggitive,
un ruinar precipite di frane.

CAMPANA A MARTELLO

Dan-dan di campana lontana che turbi la pallida Notte,
che rompi la calma del sonno con grida d'angoscia, con rotte
parole, che piangi, che incalzi ne l'ombra, portato da i venti,
e piombi e ripiombi su i cuori, che al buio trasalgono, intenti:
qual fiume strarìpa?... qual dramma
si svolge di sangue fraterno?... qual fiamma
divora le case, divora le vite, ed avventa ne i cieli
da l'arse ruine con folle superbia le spire crudeli?...
E pur non rosseggia d'incendio de i cieli la curva profonda,
non rombo di fiume ne giunge che gonfio travolga la sponda.
Dan-dan di campana lontana che chiami, che chiami, che
chiami,
da quale fantastica torre tu mandi i tenaci richiami?...
Non sei de la terra?... nel vuoto
ti getta il dolor d'uno spirito ignoto?...
Le bianche, le tacite stelle che piano tramontano in mare
te ascoltan con voce inesausta pregare, pregare, pregare.
Dan-dan di campana a martello squillante dal buio Infinito,
ne l'ora d'un sogno tremendo noi tutti t'abbiamo sentito.
Vorremmo assopirci ne l'ombra, ma tu sei de l'ombra più
forte:
ci sveli il perchè de la vita, ci sveli il perchè de la morte.

E tutte le cose bugiarde,
e il tempo perduto ne l'opere tarde,
e tutte le ignavie vigliacche del cor che a se stesso ha mentito,
ne dici, campana a martello squillante dal buio Infinito!...
E il piccolo cuor che ha creduto di battere eterno, la Sfinge
a un tratto comprende: si sente caduco; ma il tempo già
stringe.
Fu errata la strada e la fede; fu un sogno la gloria; fu vano
l'amore.—Mentisti a te stesso—ripete il rintocco lontano.
—O cuore, riprenditi intero:
t'imbevi di luce, combatti pel vero:
vuoi dunque morir senza dirla, la pura, la grande Parola
che devi?...—Così la campana singhiozza—fatidica—sola.—

ALPE

Non posso amarti, o vetta ove risplende
fredda la neve ne' silenzî immoti,
ed il ghiaccio cristàllino si fende
su abissi ignoti.
Tu stai sovra le nubi e sovra il male,
t'avvolge l'ampia nudità de l'aria:
pria di sfiorarti irrigidiscon l'ale,
o Solitaria
che non sai, che non senti e che non muori.
Fra la mia vita e le tue nevi eterne
sta un miserrimo stuol d'odii, d'amori,
d'ansie fraterne:
tremano gli echi de i singhiozzi umani,
danzan le ridde de gli umani strazî;
ma tu non hai pietà, da' tuoi lontani
gelidi spazî.
E se l'uom, te mirando, un'ideale
grandezza pensa, gli rispondi: Mai:
a questa calma eccelsa ed immortale

non giungerai.—
Forse, chi sa?... tu pur soffri.—Tu, stanca
forse de' tuoi silenzî ampî di tomba,
e d'esser sempre immobilmente bianca
sul mondo che qua giù turbina e romba,
sogni.—Sogni un torrente aureo di lava
che salga dal tuo core a le tue cime,
e vi squarci un cratere, e su te schiava
trabocchi, ardendo d'un amor sublime.

A MIA MADRE LONTANA

Ti sogno.—A le gracili mani
appoggi la testa che langue.
Oh, mai così pallida, oh, mai così esangue
ti vidi ne i tempi lontani.
Tu ascolti il cammino de l'ore,
o madre, d'intense memorie vivendo;
e passano l'ore, cadendo
pesanti sul chiuso tuo core.
E pensi a me sola, a me sola:
con tutta l'oscura energia
di quella che t'arde mortal nostalgia
chiamando me sola, me sola.
Oh, qui, dove perdutamente
a un rogo d'amore la vita abbandono,
ti grido—Perdono, perdono—
o madre diserta e cadente;
e sempre ti sogno. Le mani
raccogli, bianchissime, in croce,
e parli—e nel soffio de l'esile voce
rivivono i tempi lontani.

SUL MONUMENTO DI EDVIGE V

Ritta presso il sarcofago, non geme
l'alta immobile donna, e non impreca:
ascolta, intenta e dolorosa insieme.
Lo sguardo e il viso essa tremando tende,
socchiuso il labbro, giunte ambo le mani:
e forse il sogno del mistero intende,
poi che le vibra tutta la persona,
e gli occhi, fissi al limitar del cielo,
spiran l'essenza d'ogni cosa buona.
In questi giorni di novembre, grevi
di nebbie, e quando coprirà l'inverno
le fosse col pallor de le sue nevi,
e sempre, nel fluir del tempo ignoto,
muta sfinge di bronzo, ascolterai,
perduti i supplicanti occhi nel vuoto;
ma quel che intendi non saprem giammai.
Noi non sappiamo nulla.—Ferrea porta
si chiude, nel presente e nel futuro,
su quel che resta de la nostra Morta.
Noi null'altro che ciechi atomi siamo,
e su la Cara che ci lasciò soli
oh, nulla, fuor che pianger, non sappiamo.
Luceva in Essa quell'ardor di bene
che sommove le pietre e tutti i cuori
trascina e spezza tutte le catene:
e mentre Ella, di fiori una regale
copia spargendo con le bianche mani,
assurgeva al suo culmine mortale,
mentre un suo riso semplice e gagliardo
a noi volgeva, a un tratto sparve.—Sola
tu sai, tu, sfinge da l'intento sguardo,
del suo sepolcro l'intima parola.
È parola di speme e di quiete

che a te sommessa come un bacio giunge
da queste ov'Ella dorme ombre secrete?...
O pure è pianto, è gemito d'angoscia,
urlo e singhiozzo per cui trema il marmo
come a tumultuosa acqua che scroscia?...
O è sogno d'altri mondi e d'altri cieli,
cantico e riso di novella vita
che commove i tranquilli echi fedeli?...
.... Noi non sappiam che piangere, vaganti
come bimbi smarriti ne la notte,
mentre il tempo ne spinge avanti, avanti,
ove Ella aspetta.—E tu, sfinge, che il puro
viso tendi ascoltando e preghi e tremi,
tacerai nel presente e nel futuro,
sino al cieco affondar de gli anni estremi.

PASQUA DI RISURREZIONE

Io canto la canzon di Primavera
andando come libera gitana
in patria terra ed in terra lontana,
con ciuffi d'erba ne la treccia nera.
E con un ramo di mandorlo in fiore
a le finestre batto, e dico: Aprite:
Cristo è risorto e germinan le vite
nove e ritorna con l'April l'amore!...
Amatevi fra voi, pei dolci e belli
sogni ch'oggi fioriscon su la terra,
uomini de la penna e de la guerra,
uomini de le vanghe e de i martelli.
Schiudete i cuori: in essi irrompa intera
di questo dì l'eterna giovinezza.
Io passo e canto che vita è bellezza,
passa e canta con me la Primavera.

IN MEMORIA

Alla mia seconda bambina
vissuta un mese.
Non odi?... il frondoso giardino
è tutto un cantare di passeri,
è tutto un susurro di foglie
nel fresco mattino.
Mio piccolo fiore selvaggio,
perchè rifiutasti di vivere?...
È ver, tristi giorni ha novembre;
ma poi torna maggio.
Velata di candidi veli
saresti or fra queste mie braccia;
avresti ne gli occhi vaghissimi
l'azzurro de i cieli;
ed io ti direi le gioiose
parole che tutte bisbigliano
le madri ai bambini, cogliendoti
a fasci le rose.
Ma tu non volesti. Il vagito
tuo primo, o mia bimba, fu l'ultimo:
suggella i tuoi labbri il silenzio:
eterno, infinito.
Schiudesti sul mondo l'ignara
pupilla, o mia bimba, un sol attimo:
che vide?...—Suggella il silenzio
la culla e la bara.
E pure al mio sogno che sparve
io grido: perchè?... Fra le braccia
materne, perchè, bimba, inutile
la vita ti parve?...

PICCOLA TOMBA

O piccola tomba lontana,
è il giorno de i Morti.—Chi sa
se l'erta stradetta montana
qualcuno per te salirà!...
M'han detto che cadde la neve
su i colli di Santa Maria:
io penso la grigia, la breve
colonna troncata, fra un chiuso
di fronde rossiccie, di rami
bagnati, in un velo diffuso
di nebbia.—La candida Morta
io penso, che quasi non visse.
S'aprì, si rinchiuse la porta
di Vita, in un'ora, per lei.
E fuor che quegli occhi, sì grandi,
sì limpidi e simili ai miei,
io d'essa non vedo.—Nel cuore
non so ricomporre quel viso,
quell'esile grazia di fiore....
.... Morivo, lo so.—Sui cuscini
rizzata la testa convulsa,
io vidi quegli occhi divini.
Tentaron le labbra una pia
parola di benedizione.
Poi vinse, su me, l'agonia.—
O tu che portavi ne i tristi
tuoi occhi il perchè del mio male,
o tu, che di quello moristi;
da lunge mi guardi, mi guardi,
con muta struggente pietà.—
Comprendi?... mi aspetti?... È già tardi,
fra poco la mamma verrà.

PIAZZA DI SAN FRANCESCO IN LODI

Se de la patria il giovanile e fresco
disìo sale al mio cor come un incenso,
tutta bianca nel sole io ti ripenso,
piazza di San Francesco.
Cresce fra le tue pietre, o solitaria,
tranquilla l'erba come in cimitero.
—Sole e silenzio.—Un passo—un tremar nero
d'ali, fendenti l'aria.
Ed eran quel silenzio e quella pace
che in te bevevo a sorsi larghi e puri;
e il bacio amavo su' tuoi vecchi muri
de l'edera tenace.
L'antico tempio, presso l'ospedale,
svolgea sue linee semplici e divine.
Per due bifori in alto, snelle e fine,
rideva il ciel d'opale.
L'antico tempio avea canti e colori
d'una soavità che ancor mi trema
dentro.—O speranze, o poesia suprema
de gli anni miei migliori!...
Gravi note de l'organo, salenti
a gli archi de le vôlte longobarde,
su l'alte mura tremolar di tarde
stelle e fluir di venti!...
Come un suggello mistico al pensiero
da voi mi venne—e forse ho sempre amate
per voi le grigie case abbandonate
ove dorme il mistero,
i muschi densi a piè de l'erme, i queti
cortili pieni di sole e di verde,
i portici de i chiostri ove si perde
l'anima de i poeti;
i tristi luoghi ruinanti in pace
ove sol parla il soffio de le cose,
de i sogni morti e de le morte rose,
e tutto il resto tace.

IL SOGNO DI DRAGA

Sorrise con labbra procaci,
con piccoli denti felini
la donna al suo sogno, ne l'ombra.
Sì grande era il sogno
che vincer le parve follìa;
ma grande era pur la malìa
de gli occhi d'amore,
di sotto a le pàlpebre chini;
ma il fiero destino era scritto
nel suo nome, nel suo nome,
lucente, terribile e dritto
qual filo di spada.
Creata ad ambigue vittorie
ella era; in quel corpo era chiusa
la forza di tutte le glorie
del senso.—Ella sorse.—L'effusa
sua chioma pareva una veste
regale.—Ella andò.—Le tempeste
a lei saettavano i fianchi,
gonfiandole il labbro di sfide,
gonfiandole il cuore d'orgoglio.
Salì fino a te,
salì dal tuo letto al tuo soglio,
o giovine re!...
Co' suoi tenebrosi capelli
la pallida Maga t'avvinse.
Tu, contro la storia e la plebe,
tu, contro i destini
di patria, fanciullo selvaggio,
bevesti a quel bacio, a quel raggio
la fede, la vita.
Ed ella il tuo cuore si strinse
nel piccolo pugno di fata,

invincibile, invincibile,
allor che, al tuo piede prostrata,
susurrava: T'amo.—
Mentiva. Mentiva, pel trono
gonfiando il suo grembo infecondo,
indegna di tregua e perdono,
profanante a gli occhi del mondo
per sete di regno un altare.
Sfidò, come scoglio nel mare,
il nembo fischiante.—Fu sola
in faccia a l'Europa.—Con denti
difese e con unghie di belva
il suo sogno, o re.
E cadde qual tigre a la selva,
ma cadde con te!...
Regina di Serbia, stanotte
scordasti, per l'ore solenni,
la veste di rosso broccato?...
Purpurea qual sangue
di vinti è la tunica slava
che avvolger ti dee, prima schiava
d'un torbido regno,
di patria ne l'ore solenni.
Ma gli ebbri soldati, o superba,
ti preparano, ti preparano,
col piombo, la tunica Serba.
Per vènti ferite
cadendo, due volte sovrana,
scontando con l'empio martirio
la gloria terribile e vana,
il vano infecondo delirio,
scagliando ancor l'ultimo insulto
sul viso a la Serbia in tumulto,
tu insanguinerai terra e mare
col tuo sangue di leonessa.

Il manto regal di Teodora
volesti per te.
Or cadi, com'essa, ne l'ora
fatale de i re!...
Nel campo ove immemore l'erba
verdeggia su l'umili fosse,
o Draga, il tuo sogno è sepolto
con te.—Tu passasti
sul capo di cento ribelli,
sul filo di cento coltelli,
fra il plumbeo silenzio
che cova fragor di sommosse,
armata di scudo e d'elmetto
pel tuo sogno, pel tuo sogno,
che or serri, in eterno, sul petto.
Tessuto di perle
e d'oro, gemmato di ardenti
rubini, grondante di sangue,
ti avvolge le membra possenti
fra spire fantastiche d'angue.
In vita toccasti il tuo segno:
nel mondo godesti il tuo regno:
se rosso martirio ti lava,
se crisma di morte t'assolve,
riposa—o pirata del soglio.—
Riposi con te,
sgabello al tuo misero orgoglio,
il fosco tuo re!...

NATALIA
E tu, che di beltà quasi divina
fosti, ed or soffri nel lontano esiglio,
e pregare non puoi, se pur regina,
su la terra ove ucciso hanno il tuo figlio!...
Stai, come Niobe, curva sotto il fato,

senza lamenti.—E pur sento cadere
lacrime e grida sul tuo cor malato,
—gocciole di veleno in un bicchiere:—
sento, o vagante e tragica Sorella,
—e la pietà per te mi fa più buona—
l'inconfessato intimo strazio della
maternità che porta una corona.

IL MINUTO

Minuto che passi fuggendo, veloce pulsante
fra il cielo e la terra fiorita,
minuto che passi, fermare nel ritmo sonante
io voglio la breve tua vita.
Io fragile donna con gesto d'amor ti conquido,
ti strappo a la notte d'oblìo:
rapito a la corsa del tempo, nel bronzo t'incido:
sei bello, sei vinto, sei mio.
E sento vibrar nel tuo cerchio le immense energie
de l'aria, de l'acque, de l'uomo;
il vento ne i boschi, su l'alpi, fra vele e sartìe
di alati navigli sul dòmo
abisso de i mari; fragor di veicoli urtanti
gli asfalti di libere strade,
respiro di folla, respiro di fronde, vaganti
canzoni per campi di biade;
stridore di seghe e di leve, di cinghie e catene,
vicenda di remi su l'onda,
di mine fra i monti, d'aratri spaccanti le vene
al sen de la Madre feconda.
Mi giungon risate e singhiozzi, susurri di baci,
preghiere di voci commosse;
baleni di falci che taglian le messi feraci,
di vanghe che scavan le fosse;
conflitti di forze lottanti ne l'aspra conquista

de l'uom su i selvaggi elementi;
bisbigli sommessi de l'erba che cresce non vista
ne gli orti de i vecchi conventi.
Rapisco a la donna che siede con gli occhi su l'ago
il sogno che ride al suo cuore;
il primo suo gemito al bimbo che nasce, presago
di pianto, fra il sangue e il dolore;
l'alato onniforme pensiero a la folla dispersa
su mari su terre fraterne;
ti chiudo in me sola, minuto di vita universa,
lanciato a le tènebre eterne:
io centro del cosmo, regina de gli atomi erranti,
respiro, adorando, i fulgori
di tutti i tuoi raggi, la gioia di tutti i tuoi canti,
l'aroma di tutti i tuoi fiori.

MADRE TERRA

La Terra Madre chiama.
Ne la luce del sol stesa e sommersa,
de i tristi figli la tribù dispersa
tenacemente chiama.
La Terra Madre piange.
Ne le pallide notti senza luna
sotto le stelle abbandonata e bruna,
perdutamente piange.
E grida: Ove fuggiste,
o figli, o figli del mio grembo nero,
ch'io pel mio bacio crebbi, unico vero,
e per le bionde ariste?...
Quale malvagio istinto
vi trascinò ne le città tremende
ove a l'intrigo verità s'arrende,
ove il respiro è vinto
da torpidi miasmi,

per meandri tortuosi ed atri,
—.... o nati per le falci e per gli aratri!...—
vanno i vostri fantasmi?...
Arde come in un rogo
la gran città di febbre e di peccato.
Tra quelle fiamme un sogno insazïato
vi preme, arido giogo.
In brume ampie s'avvolge
la città di menzogna e di tumulto.
Di passïone un trepido sussulto
per essa vi travolge:
averla al piè, domata
come una schiava avvinta per le chiome,
e ch'ella gridi il vostro, il vostro nome,
con voce innamorata....
Ma la leggiadra belva
vi dissangua con bocca di vampiro.
Tornate, o figli, al libero respiro
del vento ne la selva;
ai fiumi vinti a nuoto,
ai voli in groppa di puledri indòmi.
Io so l'ombre de i lauri e so gli aromi
del desiderio ignoto.
Io vi darò le pure
notti, quando tra il fien cantano i grilli,
e par che il cielo tremulo sfavilli
amor su le pianure;
e il fiorir bianco e lento
de l'albe a maggio, allor che il giorno pare
un campo di conquista ove balzare
cogli orifiammi al vento.
.... Gonfie di vizio e d'oro
cadranno a fascio, in un boato immane
di ruina ciclòpica, le insane
città, vinte dal loro

orgoglio.—Io sola e grande
resterò.—Verran vergini e poeti
ai miei solchi, ai miei tralci, ai miei roseti,
a le mie vaste lande.
Chini sovra il mio cuore
dal ritmo innumerevole, sapranno
la verità che Iddio, sul basso inganno
de gli uomini e l'errore,
pose.—E dal mio possente
seno gonfio di germi e di dolore
zampillerà per quelle bocche in fiore
la magica sorgente
di Vita: polla d'acque
fresche come nel biblico mattino,
quando, vergin di forze, ad un divino
cenno, la Vita nacque.

SACRA INFANZIA

A Ersilia Majno
Sacra infanzia del povero, io ti vidi
soffrire e mendicar per tutti i lidi.
Vidi fragili carni avvelenate
da tabe; esili membra già piagate
da i colpi; labbra fatte pel sereno
riso, schiudersi al ghigno, al detto osceno;
grandi occhi d'innocenza aperti in fondo
a turpi abissi; anime dal profondo
palpito, ansanti verso la bellezza
del mondo, anime piene di dolcezza
e d'impeto, stroncarsi al giogo, intrise
di melma e d'odio, mutilate, uccise.
Sacra infanzia del povero, io lo sento
entrar ne le mie fibre il tuo lamento.
Viene da i bassi vicoli ove i muri

sanno l'istoria di delitti impuri;
da i rossi forni de le vetrerie,
da i fondaci, da i porti, da le vie
d'esilio, da le torride solfare,
da le soffitte strette come bare,
da tutti i luoghi ove son vite ardenti
di bimbi oppressi, torturati a lenti
spasimi, deturpati in mille forme
di servaggio e d'infamia, a torme a torme.
Noi, liete madri di superba prole
che va coi piè ne i fiori e il viso al sole,
non lo vogliamo, su le creature
nostre, il rimorso de le tue torture;
non le vogliam, le viscere de' tuoi
martiri, per nutrire i nostri eroi.
Coi rosei figli su le forti braccia
di te veniam, fra sterpi e fango, in traccia;
su te gettando, con l'amor che ignori,
gioia di baci e nuvole di fiori;
te guidando con gesto ardente e pio
ove ogni vita tocca il suo disìo.
Oh, madri anche per te!... Le consacrate
viscere che a crear furon create,
tanta han potenza in lor gioir fecondo
da contener tutto l'amor del mondo.
Vieni coi nostri figli, benedetta
com'essi, al sole, a l'avvenir che aspetta.
Vieni al robusto anelito, a la febbre
de la conquista e de la gloria, a l'ebbre
ore di gaudio che la vita dona
quando al suo bacio il forte s'abbandona:
godi il tuo maggio e cogli il frutto e il fiore,
fra cielo e terra respirando amore.

IL SALUTO FRATERNO

Salve, fratello.—
Tu non mi conosci,
non so il tuo nome: non ti vidi mai
prima d'ora.—Qui, dove t'incontrai,
mugghia il fragor de' carri e batte il polso
vibrante de la strada affaccendata.
Ognuno accorre con lena affannata
verso il suo sogno o il suo dolore. Ognuno
s'urta, senza guardarsi.—Ed io ti miro,
lieve passando—oh, il tempo d'un respiro,
oh, il tempo d'un addio breve, d'ignota
a ignoto, in mezzo a la ruggente via:
—Dio ti salvi, fratello—e così sia.—
Non m'importa saper donde tu venga
nè chi tu sia, nè che farai domani.
Non m'importa saper se le tue mani
sien pure.—O nato, come me, da grembo
dolente; o fatto de la stessa carne,
o preda de le stesse adunche e scarne
unghie de l'Ombra che in silenzio attende
dietro una porta, a l'angolo d'un muro,
per colpir quando il colpo è più sicuro:
tu che piangesti come forse io piansi,
volgiti a questa voce de la via:
—Dio ti salvi, fratello—e così sia.—
Pel dondolìo de la lontana culla
che ti cullò; pei baci di tua madre,
se madre avesti che di sue leggiadre
cantilene protesse il tuo riposo;
per le poche dolcezze e per le molte
lacrime, e le speranze che hai sepolte,
come piccoli morti, in fondo al cuore;
pel senso oscuro de la vita, uguale

in tutti; per la sacra ansia immortale
che sospinge le razze a l'avvenire;
per la tua fede e per la fede mia,
—Dio ti salvi, fratello—e così sia.—
E vada, come a te, questo saluto
a l'ampia folla che le strade ingombra:
a la donna che passa, ombra ne l'ombra,
contro i muri, velata: a chi un amore
insegue, o un odio, o il pane: a l'uom del maglio
e del telajo, fiero del travaglio
compiuto, e gaio d'una sua canzone:
al poeta, al fanciullo, al morituro
che sogna, e crede eterno il suo futuro,
e domani, con me, con te, dissolto
andrà pel cosmo in onde d'armonia:
—Dio ti salvi, ora e sempre—e così sia.—

LIBER MUNDI 3

BOOKMOON